KB075200

그리워하는 직업을
가졌을 뿐인데요

그리워하는 직업을 가졌을 뿐인데요

이재훈 에세이

청색종이

차례

그리워하는 직업을 가졌을 뿐인데요

이재훈 에세이

1부

2부

3부

4부

5부

6부

1부

그리움

저는 그저 그리워하는 직업을 가졌을 뿐인데요

오늘은 비가 내립니다. 비만 내린 게 아니고 바람도 불었어요. 어젯밤에는 비바람이 불어 단풍이며 은행잎들이 모두 떨어졌습니다. 속절없이 떨어지는 낙엽들을 보며 꼭 나와 같군, 이라고 혼잣말을 했어요. 저도 요즘 속절없이 떨어지고 있는 중이거든요. 세상은 나를 일으켜 세우기보다는 떨어뜨리려고 합니다. 나름대로 저도 열심히 하거든요. 주어진 일에 최선을 다하고 감추어진 일이 없을까 고민도 하고요. 어떤 경우에는 새로운 일을 도모하거나 추진하기도 하죠. 그런데도 세상은 저를 자꾸만 주저앉히려고 합니다.

아. 이 말을 수정해야겠군요. 세상이 저를 떨어뜨리려는 것보다 세상에 속한 사람들이 그렇다고 해야겠네요. 그렇지만 낙담하지는 않습니다. 자주 웃고 다니고 있습니다. 세상에는 선하고 듬직하고 평화로운 사람들이 훨씬 더 많으니까요. 또 그런 사람들과 즐거운 만남이 이어지겠죠. 오늘만 사는 것은 아니니까요. 어쨌든 살다 보면 슬프고 억울한 일이 많이 생깁니다. 슬프고 힘든 일의 연속이 우리의 일상인가 봐요.

그래도 다행입니다. 어제는 근사한 카페에 다녀왔거든요. 차를 타고 도시 근교로 나갔어요. 작은 숲길을 지나니 정말 마법처럼 담쟁이덩굴에 둘러싸인 카페가 나를 맞이했어요. 숲속에 숨은 카페였어요. 숲이라는 말만 들어도 저는 금방 감동을 해요. 마치 어머니의 품처럼 자꾸만 파고들고 싶어지죠. 카페에는 오늘의 커피라는 메뉴가 있는데요. 오늘은 에티오피아 게이샤였어요. 내가 고른 커피가 아니라 내가 오늘 운명처럼 만난 커피여서 더 향이 깊었나 봐요. 창가에 자리를 잡았는데요. 마치 목가적인 풍경의 액자처럼 너무 초록초록 했답니다. 참. 그 카페의 이름은 파스토랄(pastoral). 목가적이라는 뜻이에요. 카페와 너무나 잘 어울리는 이름 같아요. 함께 간 친구와 소곤소곤 얘기를 하다가 커피를 마시고 창가로 물들어가는 단풍잎들을 봤어요. 참 다행입니다. 이런 풍경과 커피를 만나고 이야기를 할 수 있어서. 살다 보면 아주 작은 일들에도 감사하고 또 따뜻하고 행복할 때가 있어요. 마치 어제처럼요.

밤이 되고 침대에 누워 이런저런 책을 뒤적이다가 사는 게 참 외롭고 힘든 것이구나 하는 생각이 들 때가 있습니다. 훌쩍 어딘가로 떠나고 싶고요. 갑자기 잊힌 사람이 생각나기도 합니다. 헤세의 말처럼 세계의 어떤 교훈도 동경하지 말고 나 자신의 완성을 동경해야 하는데. 니체의 말처럼 위험하게 살아야 하는데. 저의 일상이 갑자기 초라해지고 번잡스럽다는 생각이 듭니다. 그럴 때마다 저는 간절히 그리워하는 것들을 떠올립니다. 그리움은 마음을 들뜨게 하거든요. 더 간절히 그리워하다 보면 평화가 찾아오기도 합니다.

사람들마다 직업이 있습니다. 저는 다양한 직업을 갖고 있는 사람입니다. 시를 쓰고, 평론도 쓰고, 에세이도 쓰고, 문예지 기획도 하고, 학생들을 가르치고, 어른들도 가르치고, 살림을 하기도 합니다. 때론 아주 잠깐 방랑자나 명상가가 되기도 하고요. 혼자 있는 것을 좋아하면서도 사람들을 많이 만나기도 합니다. 그런데 저 혼자 습작노트에 적어 놓는 직업이 있습니다. '그리워하는 직업'이라고. 저는 또 이런 시를 쓴 적도 있어요. "영혼의 책이 있다면 마지막 페이지는 어떻게 쓸까요. 표적도 없고, 분홍빛 과거도 없으며 초록빛 미래도 없는데요. 뭐라고 울까요. 저는 그저 그리워하는 직업을 가졌을 뿐인데요."(「추천해주고 싶지 않은 직업」)라고 말이죠. 시의 제목을 '추천해주고 싶지 않은 직업'이라고 지었지만 이건 아이러니입니다. 만약 그리워하는 직업이 진짜로 있다면 가장 먼저 추천할 겁니다. 그리워하는 직업이 있다면 얼마나 근사할까요. 저도 당신도 간절히 그리워하면 눈물이 날 거예요. 그리고 가장 풍성하게 따뜻해질 겁니다. 당신에게 짧은 글 몇 개 드릴 수 있어 고맙습니다. 앞으로도 그리워하는 마음 잊지 않을게요.

2부

의자의 거리

이천만 원
농가주택의 꿈

'멍때린다'는 시쳇말이 있다. 아무 생각 없이 멍하니 오래 있다는 말이다. 멍때리는 자를 나무랄 수는 없다. 누구나 멍을 때리니까. 멍때리는 것도 다 이유가 있게 마련이다. 마음이 허하든지, 배가 고파 허하든지, 무기력해서 허하든지. 고통이 극에 달해서 허하든지.

나도 자주 멍때리는 편이다. 깊은 밤 혼자 TV를 무심코 켰다가 멍때릴 때가 있다. 그 프로그램은 아무 때나 켜도 늘 방영된다. 아마 24시간 방영하는 것 같다. 멍때리고 싶을 때는 그 프로를 틀면 된다. 바로 '나는 자연인이다'라는 프로그램. 아마 나 같은 사람이 많기 때문에 장수 하나 보다. 그 프로는 희한한 구석이 있다. 일단 보고 있으면 시간 가는 줄 모르고 보게 된다. 마치 아는 사람이 출연했어? 라고 옆에서 누군가가 물어보기라도 하듯이.

'나는 자연인이다'를 보게 되는 것은 지금 이곳의 결핍 때문은 아닐까. 산골의 원시적인 삶이 채워주는 무언가가 있다. 어떤 사람은 고요를 채우고, 어떤 사람은 자유를 채운다. 어떤 사람은 싸움이 없어 좋고, 어떤 사람은 건강해져서 좋다. 나는 자연인들에게서 공통된 것을 발견했는데, 그건 바로 고통스러운 세속에서 벗어나 산골을 택했고 그곳에서 상처를 보듬었다는 것. 그들의 얼굴에는 무욕이 가져다주는 미소가 깃들어 있다. 그것이 다분히 연출된 것이라 해도 도시에서의 파탄보다는 훨씬 나을 것이다. 아파본 사람, 망해본 사람만이 알 수 있는 삶의 중요한 목록이 있을 것이다. 그 목록이 세상과 절연한 자연인을 통해 투사되는 게 아닐까. 그 프로를 오래 본 사람들은 알겠지만 자연인들의 사연은 늘 비슷비슷하다. 어쩌면 시청자들에게는 그들의 사연이 중요하지 않을지 모른다. 그들의 사연과는 무관하게 그것을 바라보는 자신의 마음을 다른 곳에 둘 수 있으니까.

사람들은 늘 어딘가를 꿈꾼다. 꿈은 늘 이곳에 없는 공간을 이상향으로 만든다. 도시에 살면 시골을 꿈꾸고, 시골에 살면 도시를 꿈꾼다. 나도 어릴 적 시골에 살 때는 도시를 꿈꾸었다. 빌딩을 드나들고 지하철 타는 꿈을 꾸었다. 도시의 매연 냄새가 그렇게 좋을 수 없었다. 무궁화호 기차가 서울의 한강철교를 넘어갈 때면 가슴이 뛰었다. 하지만 지금은 정반대가 되었다. 아무도 없는 시골에서 살고 싶다. 꿈은 늘 지금 이곳의 결핍을 드러내준다.

꿈꾸는 유토피아가 문학에서는 아주 단순한 삶을 지향하는 것으로 표출되기도 한다. 단순하고 소박한 삶이 주는 기쁨을 자주 얘기한다. 하지만 '자연인'처럼 산속에서 혼자 사는 삶은 어떤 부분에서는 형벌에 가깝다. 도피나 유폐와 다름없는 고독한 삶이 행복할 리가 없다. 『단순한 기쁨』의 저자 아베 피에르 신부는 더불어 사는 삶을 강조한다. 피에르는 "사실 우리는 모두가 같은 목표, 즉 행복을 추구한다. 모든 인간은 그가 어떤 시대, 어떤 조건, 어떤 문화 속에서 생활하건 두 가지 길 가운데 선택하게 마련이다. 타인들 없이 행복할 것인가 아니면 타인들과 더불어 행복할 것인가"라고 질문했다. 당신이라면 어떤 선택을 할 것인가. 구도가 아니라면 인간은 타인들과 더불어 살아가야 행복하지 않을까. 타인들과 나누고 실천하는 삶이 인간답게 사는 맛이다. 결국 우리는 공동체를 통해 자신을 발견할 수밖에 없는 존재이다.

요즘 나는 농가주택을 소개하는 유튜브를 자주 본다. 세속에서 찾은 유토피아이다. 바닷가 앞마당 있는 주택을 보다가 눈이 휘둥그레졌다. 작은 산을 두르고 있는 시골의 작은 집을 보다가 흥분하기도 했다. 이천만 원짜리 농가주택도 있었다. 서울 아파트의 반 평도 안 되는 가격이다. 서울의 집은 못 사더라도 저 집은 살 수 있지 않을까. 과연 그 꿈이 이루어질 수 있을까. 요원하다고 생각하지는 않을 것이다. 꿈은 이루어진다. 이천만 원이라면 해볼 만한 도전이지 않을까.

시인이라는 직업

두 명의 시인이 저물녘 강변의 카페에 앉아 커피를 마시고 있었다. 한 시인이 물었다. 저기 저무는 황혼의 물결 좀 봐. 아름답지 않아? 마음이 금빛으로 물드는 거 같아. 그 말을 듣고 있던 다른 시인이 천정을 바라보며 한숨을 쉬며 대답했다. 야. 맘 편히 쉬는데 자꾸 일 얘기 하지 마. 물론 다소 썰렁한 개그다. 시인은 늘 아름다운 감성을 가지고 있다는 생각이 이 재밌는 얘기를 만들었다.

아무래도 글을 쓰는 사람이다 보니 만나는 대부분의 사람들이 글동네 사람들이다. 간혹 문인이 아닌 사람들을 만나 차를 마시거나 식사를 할 때가 있다. 그때 대부분의 사람들은 태어나서 시인을 처음 본다는 것이다. 신기한 듯 살피면서 나도 왕년에 시를 좋아했는데 라며 무용담을 늘어놓기 시작한다. 누구나 사춘기 시절 노트에 시를 옮겨 적고 감상에 빠지는 시간들이 있었을 것이다. 하지만 지금도 시를 좋아하고 읽고 있다는 사람은 거의 보지 못했다. 시는 늘 과거에 좋아했던 추억의 장르인 것이다.

교회의 소그룹 모임에서 이런저런 생활 얘기를 나눈 적이 있다. 내 직업은 대학에서 학생들을 가르치는 것이다. 이런 얘기를 하면 깜짝 놀란다. 시인도 직장을 다니세요? 집에서 시만 쓰는 거 아니었어요? 아니요. 시인도 똑같이 일하고 밥 먹고 똥 싸요. 일 안 하면 굶어요. 이슬만 먹고 살지 않아요. 시를 써서는 못 먹고 살아요. 시는 돈이 안 돼요. 대부분의 시인들은 직업을 갖고 있어요. 그래서 저는 시가 좋아요. 시가 제 삶이에요. 뭐 이런 얘기를 구구절절 얘기한다. 그러면 뭔가 구차해진 느낌이 든다. 자꾸 변명하는 것만 같고 자꾸 외로운 마음이 든다.

어쩌면 외롭고 쓸쓸한 마음이 시인의 직업적 소명 아닐까. 평안하고 행복한 마음이었다가 쓸쓸한 마음이 들어올 때 시는 탄생한다. 그러면 세상은 온통 서럽고 외롭고 아픈 것만 가득하다. 눈에 보이는 것들이 다 아프고 슬프게 보인다. 그 마음이 시를 만든다.

박준 시인은 "슬픔은 자랑이 될 수 있다"고 했다. "폐가 아픈 일도/ 이제 자랑이 되지 않"고 "눈이 작은 일도/ 눈물이 많은 일도/ 자랑이 되지 않"지만 "하지만 작은 눈에서/ 그 많은 눈물을 흘렸던/ 당신의 슬픔은 아직 자랑이 될 수 있다"고 했다.(박준, 「슬픔은 자랑이 될 수 있다」) 시인은 슬픔 예찬론자라고 해도 과언이 아니다. 허수경 시인은 "슬픔만 한 거름이 어디 있으랴"라고 했다. 고추밭에 누워있는 고추모들을 바라보며 시인은 "편편이 몸을 누인 슬픔이/ 아랫도리 서로 묶으며/ 고추모 사이로 쓰러진다"고 말한다. 시인은 누추하고 외롭고 실패한 자리를 비추는 슬픔과 결핍의 왕이다.

그렇다고 시인이 늘 우울한 건 아니다. 일상인과 똑같이 밥 먹고, 일하고, 영화 보고, 뉴스 보고, 프로야구를 보고 간혹 여행도 간다. 그러다 문득 몇십 분 아주 느린 시간을 산다. 시의 시간이다. 시를 읽고 쓰는 시간은 일상의 시간과 다른 시간을 사는 것이다. 시를 읽을 때 우리는 일반적인 책을 읽듯 읽지 않는다. 아주 천천히 낭독하듯 한 글자 한 문장 또박또박 읊조리며 읽는다. 우리는 늘 빠르게 걷고 빠르게 생각하고 빠르게 대답하며 산다. 이런 속도에서 잠시 정지 버튼을 누르고 느린 속도와 침묵의 시간을 몇 분간만이라도 보낸다면 이전에 느끼지 못했던 것들을 만날 수 있을 것이다. 시인들은 그런 시간과 마음을 받아 적는 것뿐이다.

시를 생각하고 시를 쓰는 누구나 시인이다. 반은 맞고 반은 틀린 말이다. 시를 쓰면 누구나 시인이지만 좋은 시를 쓰는 시인은 각고의 노력이 있어야만 한다. 그런 시인은 그냥 태어나는 게 아니다. 김수영의 말처럼 시는 "몸으로 하는 것이다. 온몸으로 밀고 나가는 것"이다. 그래야 좋은 시가 겨우 태어난다. 시인이라는 또 다른 직업을 가진 숙명으로 오늘도 느린 시간을 살아간다.

의자의 거리

베란다에 작은 의자 두 개를 놓았다. 요즘 유행한다는 당근마켓에서 직거래한 의자다. 의자를 직거래한 곳은 집 근처 상가에 있는 카페였다. 가게를 폐업하게 되어서 의자를 저렴하게 내놓는 것이란다. 의자를 가져오면서 싼 가격에 의자를 구입했다는 마음보다 안타깝고 우울한 심사가 내내 마음을 짓눌렀다. 마스크 때문에 얼굴을 볼 수 없었지만 의자를 내어놓는 젊은 카페 사장님의 씁쓸함이 눈망울에 고스란히 묻어 있었다.

작은 의자 때문에 매일 햇살을 맞는 호사를 누렸다. 평소에는 늦은 아침 햇살을 집에서 맞는 기회가 없었다. 작은 의자에 어울리는 작은 차탁도 구했다. 우리 집에 이렇게 좋은 햇살이 쏟아지는지 몰랐다. 햇살을 맞으며 아침 커피를 천천히 마시는 시간이 참 좋았다. 질퍽한 머릿속이 햇살 때문에 싱그럽게 말리는 느낌이었다. 그런데 아이러니하게도 이 모든 게 코로나 때문에 생긴 여유인 것이다. 코로나가 준 시간이 아니었다면, 코로나가 준 의자가 아니었다면 누릴 수 없는 것이다. 햇살의 호사는 코로나로 인한 유폐 신세와 폐업이 가져다준 우연과 고통의 선물이다.

코로나는 내가 모르는 사이에 많은 걸 바꿔 놓았다. 살다보면 누구나 변화를 겪게 마련인데 요즘처럼 지독한 변화는 없었다. 일주일 동안 배달음식으로 연명하며 집 밖을 안 나간다거나, 온라인으로 동영상 강의를 하고 시험을 치른다거나, 주일예배를 TV로 드리게 될 줄은 상상도 못했다.

우리 집도 별반 다를 게 없어서 매일매일 전쟁 중이다. 집은 온라인 학교로 변해 나는 자주 베란다로 피신해야 했다. 딸은 웹툰에 빠졌고, 전형적인 확찐자가 된 아들은 게임에 빠졌다. 아내는 무서운 사감 선생님이 되었고, 나는 나쁜 아빠가 되었다. 코로나는 '나는 인격적으로 훌륭하지 않다는 것'을 금방 깨닫게 해주었다. 그동안 나는 훌륭한 남편은 못 되더라도 꽤 괜찮은 아빠라고 스스로 생각했다. 하지만 이런 생각은 금세 깨졌다. 잔소리가 많고, 화를 참지 못하고, 기다려주지 못하는 성격이 내게 있다는 데에 적잖이 놀랐다. 코로나는 가장 가까이에서 서로의 민낯을 고통스럽게 감상하는 일까지도 제공해주었다.

베란다에서 차를 마실 때만 의자를 사용하는 건 아니다. 삼시 세끼를 집에서 먹다 보니 의자에 많이 앉게 된다. 집안에만 있다 보니 책상에 앉아 있는 시간이 많아졌다. 매일 온 세계의 코로나바이러스 현황을 확인하고 우리나라의 확진자 숫자를 검색하고 사회적 거리두기 격상에 대한 찬반논의를 탐색하는 뉴스 전문가가 되지 않으면 불안했다. 의자는 우리에게 일하는 도구이며 잠시 쉬는 도구로 인식되어 왔다. 하지만 지금 의자는 우리 몸의 일부가 되었다.

이정록 시인은 의자를 위안의 자리라고 했다. "그래도 큰애 네가/ 아버지한테는 좋은 의자 아녔냐"(「의자」)라고 아버지에게 큰애는 힘든 것을 이겨낼 수 있는 위안이었다. 참외에게는 지푸라기가, 호박에게는 똬리가 있어서 위안을 삼는다. 그리고 산다는 건 "그늘 좋고 풍경 좋은 데다가/ 의자 몇 개 내놓는 거"라고 시인은 말했다. 조병화 시인은 "지금 어드메 쯤/ 아침을 몰고 오는 어린 분이 계시 옵니다./ 그분을 위하여/ 묵은 의자를 비워 드리겠"(「의자」)다고 선구자적 인식을 보여주었다. 시에서 '그분'은 아침을 몰고 오는 자이다.

지금 우리에게 '아침'은 희망이나 회복과 다름 아니다. 희망과 회복을 위해 애쓰는 모든 자들이 '그분'일 수가 있다. 애쓴다는 말이 요즘처럼 감동적일 때가 없다. 애쓰는 사람들을 위해 우리는 의자를 비워드려야 한다. 묵은 의자라 하더라도 내가 지니고 있는 것들을 애쓰는 자들을 위해 나누어야 하는 때다.

지금은 회복과 위안이 가장 중요한 말이지 않을까. 코로나 이전으로 되돌아가지는 못하겠지만, 코로나로 망가진 관계와 마음은 회복되어야 한다. 차를 가운데 두고 의자에 앉으면 상대방의 얼굴을 볼 수 있다. 조근조근 대화를 할 수 있다. 끊어졌던 관계를 다시 맺을 수 있다. 가족처럼 너무 가까이에서 아등바등했던 관계를 의자의 거리만큼 떨어져 바라보는 것도 필요하다. 회복과 위안의 가장 큰 도구는 내 의자를 비워주는 것. 잠시 여기 앉으라고 자리를 내어주는 것. 의자의 거리가 관계를 회복하는 거리이다.

지나간
걱정의 노래

지난 연말 건강검진을 받았다. 건강검진은 연말에 대부분 몰린다고 한다. 나 또한 여러 이유로 미루고 미루다 한 자리가 겨우 남아 예약을 할 수 있었다. 마치 치열한 경합에서 당첨된 것처럼 호들갑을 떨었다. 왜 진즉 하지 않고 방정이냐는 가족들의 한심한 눈빛에 대고 나름 그럴듯한 몇 마디 말을 욱여넣었다. 감기 기운이 있는 거 같아. 그리고 양보한 거야. 가장 늦게 하는 게 겁나서가 아니야. 말을 해놓고 나니 전혀 설득력이 없는 말은 아니나 '겁나서'라는 말에 진심의 방점이 찍히는 걸 들킨 것은 틀림없었다.

어쩌면 겁 때문이다. 주사를 두려워하는 것은 애나 어른이나 마찬가지다. 내 살갗에 바늘이 꽂히는 상상만으로도 닭살이 돋는다. 차가운 금속이 맨살에 닿는 이물감도 싫다. 위대장 내시경을 하기 위해 장세척 약을 먹는 것도 고역이라는데. 그리고 조금이라도 몸을 더 만들어서 검진을 받아야 한다는 생각은 어디서 비롯된 것인지 모르겠다. 건강한 몸으로 검진을 받는다는 생각이 틀린 것은 아니나 앞뒤가 맞지 않다. 며칠 운동하고 식조절을 한다고 갑자기 건강해지는 것은 아니기 때문이다. 검진일이 다가오면서 안절부절 못하고 감정적이 되는 것은 한마디로 걱정 때문이다. 몸이 예전과 달라. 내게 무슨 병이 있을 거야. 이런 생각들이 덫에 빠진 듯 꼬리를 물고 한동안 괴롭혔다.

누구나 겪는 건강검진에 과도하게 의미부여를 하는 것은 아니냐고 반문할 수도 있겠다. 그러나 걱정은 하면 할수록 더 큰 걱정이 생기기 마련이다. 결국 내게도 더 큰 걱정이 찾아왔다. 검진 시 대장에 큰 용종이 발견되어 한 달 후 다시 소화기내과에서 내시경을 받고 용종을 떼어내야 한다는 것. 그때부터 나의 모든 이성과 감성은 필사적으로 걱정을 전면에 내세우기 시작했다. 내색은 안 했지만 그동안 혼자 품었던 찌질한 안쓰러움을 무엇으로 표현할까.

따지고 보면 우리는 어릴 때부터 걱정을 달고 살았다. 어른들은 큰일 났네, 죽겠네, 미치겠네, 환장하겠네와 같은 재수 없는 말들을 농담처럼 발설하면서 다가올 불행을 막으려 했고, 그런 말들을 늘 들으면서 자랐다. 중부 아메리카의 과테말라에서 유래된 '걱정인형'도 우리에게는 낯선 것이 아니다. 귀신이 나올까. 오줌을 쌀까. 도둑이 잡아갈까 하는 걱정들로 잠을 이루지 못할 때가 많았다. 그럴 때마다 이불을 머리 위까지 끌어올리거나, 베개를 끌어안거나, 인형을 끌어안고 잠에 들었다.

어린 시절 가장 공포스러운 걱정은 엄마가 사라진다는 생각이 아닐까. 기형도 시인은 "열무 삼십 단을 이고/ 시장에 간 우리 엄마/ 안 오시네, 해는 시든지 오래/ 나는 찬밥처럼 방에 담겨/ 아무리 천천히 숙제를 해도/ 엄마 안 오시네"(「엄마 걱정」)라고 시장에 일 나간 엄마를 기다리는 아이의 불안을 노래했다. 시인은 어둡고 무서웠으며 빈 방에서 혼자 훌쩍거렸다고 했다. 누구나 이런 걱정에 대한 원체험이 있을 것이다. 나 또한 낮잠을 자고 나니 엄마가 없어서 오후 내내 마당에 나와 울었던 겨울날이 지금도 대낮처럼 생생하다.

공정한 걱정은 없다. 걱정은 사람들마다 감각하는 강도가 다르다. 누구에게나 찾아오는 걱정을 자연스럽게 극복해가는 것만이 마음을 달래는 길이다. 걱정은 살아가면서 자꾸 늘게 마련이다. 건강 걱정, 직장 걱정, 돈 걱정, 집 걱정, 자녀들 걱정, 인간관계 걱정, 미래 걱정 등등. 나는 자주 "내일 일은 난 몰라요. 하루하루 살아요. 불행이나 요행함도 내 뜻대로 못해요."라는 성가를 흥얼거리곤 한다. 그러면 솟구치던 걱정이 사그라지곤 한다. "그대여 아무 걱정하지 말아요. 우리 함께 노래합시다."로 시작되는 노래 〈걱정 말아요 그대〉도 애창곡 중의 하나다. 물론 노래가 걱정을 치유하는 건 아니다. 각자 나름대로 걱정을 삭이는 방법들이 있을 것이다. 엎드려 기도하는 사람. 울며 노래하는 사람. 읽고 생각하는 사람. 고요에 침잠하는 사람. 보고 들으며 웃는 사람. 모두 훌륭한 영적 치유자들이다. 어쩌면 이 글도 자꾸 닥칠 걱정에 대한 사후조치인지도 모르겠다. 아직 대장 내시경 검사결과가 나오지 않았기 때문이다.

고향이 어디냐고
물으신다면

식사자리였다. 그날 처음 뵙는 분과 이런저런 얘기를 나누다가 느닷없이 고향이 어디냐는 질문을 받았다. 우리는 고향이 비슷한 지역이라는 것을 확인하고 급속도로 말이 많아졌다. 내가 태어난 곳은 강원도 영월이다. 태백산맥 서쪽의 강원도 영서지역은 대부분 같은 생활권으로 묶여 있다. 오지인 만큼 같은 지역민들끼리의 애착심도 크다. 같은 고향이라는 인연은 큰 연대감을 준다. 나 또한 마치 고향 형님을 만난 듯 반가웠다.

사실 이런 얘기는 흔하고 오래된 일이다. 백석의 시 「고향」에는 재미난 이야기가 등장한다. 시인 백석은 먼

타향에서 병이 걸린다. 동네 의원이 백석을 진찰하다가 느닷없이 고향이 어디냐고 묻는다. 백석은 평안도 정주라고 말한다. 의원은 그곳은 아무개 씨 고향이라고 하고, 백석에게 아무개 씨를 아느냐고 묻는다. 백석은 아무개 씨를 아버지처럼 섬긴다고 말한다. 그때부터 백석과 의원은 서로 웃고, 의원의 손길이 따뜻하고 부드럽다고 느낀다. 이후로 이들의 관계가 어찌 될지는 안 봐도 훤하다. 백석은 의원을 통해 "고향도 아버지도 아버지의 친구도 다 있었다"고 말한다. 이 시는 1930년대의 일이다.

한국 사람들은 서로를 알아가는 몇 가지 수순이 있다. 다 아시다시피 지연, 학연, 혈연. 초면의 사람들은 고향이 어디냐, 어디 학교 출신이냐, 본관이 어디냐를 서로 탐색한다. 이 중에서 하나라도 공통점이 있으면 급속히 친해지고, 서로를 같은 관계로 묶는다. 이런 일이 나쁜 것은 아니다. 비슷한 공간에서 나고 자랐다는 공감대가 서로를 묶어주는 큰 매개체가 되기도 하며, 마음의 문을 여는 계기가 되기도 한다. 문제는 지연, 학연, 혈연으로 패거리를 만들고 이를 통해 서로의 이익을 공유하는 것이다. 이 중에서 지연은 서로를 일치시켜주는 가장 강력한 인연이 된다. 지연은 우리의 관계가 운명이라는 말과도 동일시

된다. 고향은 내가 결정한 것이 아니라 그냥 타고난 것이다. 그래서 고향 친구, 고향 선후배, 고향 형님과 아우가 생기고 때론 삼촌, 아재, 조카까지 등장하는 것이다.

누구에게나 고향이 있겠지만 누구나 갈 수 있는 고향이 있는 것은 아니다. 나 또한 그런 경우이다. 강원도 영월에서 태어났지만 지금 영월에는 나를 반겨줄 사람이 아무도 없다. 일찍이 그곳을 떠나왔기 때문이다. 내가 초등학교 입학하기 전에 떠나왔으니까. 그 후로 나는 여러 곳을 옮겨 다니며 살았다. 아버지는 교편을 잡으시다가 평생 시골에서 목회를 하셨다. 강원도 영월에서 시작하여 강원도 횡성, 인제. 충북 제천, 경북 김천, 상주, 점촌. 충남 논산. 초등학교까지는 줄곧 강원도에서 자랐다. 이후로는 몇 년에 한 번씩 옮겨 다녔다. 가장 오래 산 곳은 충남 논산이다. 내가 고등학교 2학년 때부터 지금까지 부모님은 논산과 대전에서 사신다.

30년 넘게 논산에 집이 있음에도 불구하고 법적으로 나의 고향은 논산이 아닐 때가 많았다. 몇 년 살지는 않았지만 내가 태어난 곳은 영월이기 때문이다. 그래서 요즘은 때에 따라 충남 논산을 '연고지'라고 쓴다. 고향의 사전적 정의는 "마음속에 깊이 간직한 그립고 정든 곳"이라고 한다. 그러면 나는 고향이 여러 개여야만 한다. 태어난 고향. 유년의 고향. 사춘기의 고향. 오랫동안 품고 성장한 고향. 고향을 여러 개 가지면 안 되는 것일까.

충북 옥천이 고향인 정지용 시인은 「고향」에서 이렇게 노래한다. "고향에 고향에 돌아와도/ 그리던 고향은 아니러뇨."라고. 오랜만에 가본 고향은 낯설다. 낯선 이유는 사람이 없기 때문이다. 또한 자신이 어른이 되었기 때문이다. 아이의 시선이 아닌 어른의 시선으로 보기 때문이다. 하지만 시인이 "고향에 고향에 돌아와도/ 그리던 하늘만이 높푸르구나."라고 말하는 것처럼 고향의 하늘과 땅과 물은 변하지 않는다. 시인들은 저마다 고향을 노래한다. 고향은 사람의 기억이다. 잊힌 마음속의 사람이 피어나는 곳이다. 사람과 나누었던 모든 시간들이 다시 재생하는 곳이다. 내가 태어난 고향에 가본 지 오래되었다. 내 최초의 시간이 고여 있는 땅. 부모님이 신혼생활을 하신 곳. 어머니가 가끔씩 그리워하셨던 곳. 봄꽃이 피면 그곳에 부모님을 모시고 꼭 가보고 싶다.

여름성경학교

1980년대에 유년을 보낸 사람이라면 여름성경학교의 추억은 누구나 한 가지씩 있을 법하다. 교회를 안 다니는 친구들도 일 년에 두 번씩은 교회를 꼭 찾았는데 여름에는 성경학교, 겨울에는 성탄절이 바로 그날이다. 놀거리와 먹거리가 귀했던 시절 교회에서 열리는 여름성경학교와 성탄절 전야행사는 온 마을 축제였으며, 어린이들에게 가장 재미있었던 이벤트였다. 저마다 과자와 아이스께끼를 하나씩 들고 마을을 돌아다니던 아이들은 모두 가장 행복한 표정을 지었다. 내게도 그런 유년의 추억들이 많은데 그중에서도 초등학교 4학년 때의 여름성경학교는 가장 잊지 못할 추억이다. 그러니까 이 글은 요즘 시쳇말로 하는 '라떼'의 이야기이다.

나는 강원도 영월, 횡성, 인제 등을 돌며 유년시절을 보냈다. 교편을 잡으시다가 목회를 하신 아버지 때문에 강원도의 산간오지에서 청정한 자연혜택을 받으며 전형적인 촌아이로 컸다. 그 시절 시골 아이들이 다 그랬듯 까무잡잡하고 꾀죄죄하고 순박했다. 강원도 인제군 서화면 천도리는 벽촌 중에서도 벽촌이었다. 최전방을 사수하는 군부대가 많은 동네로 설악의 산맥이 깊고, 큰 강이 흐르는 곳이었다. 그곳에 서울 영락교회 청년부가 우리들의 여름성경학교를 위해 온다는 것이었다. 온 마을은 그야말로 축제였다. 동네 어머니들은 개를 잡아 보신탕을 끓이고(지금 생각하면 깜짝 놀랄 일이지만), 부처님을 믿는 집의 아이들까지 모두 교회로 집결했다. 풍성한 먹거리와 도시교회에서 제공해준 각종 선물과 하얗고 깨끗하고 친절하기까지 한 선생님들과 꿈같은 일주일을 보냈다.

지금은 막연한 기억만 듬성듬성 나지만 가장 잊히지 않는 것은 도시에서 온 대학생 선생님에게서 맡은 냄새였다. 나의 담임을 맡은 여선생님은 지금껏 맡아보지 못했던 향기를 풍겼다. 아마도 향이 좋은 비누냄새였던 것 같다. 그 냄새는 정서적 충격에 가까웠고, 나도 모르게 자꾸만 그 선생님 곁에서 서성거리곤 했다. 선생님은 우리들에게 친절한 서울말로 늘 다정하게 웃어 주었다. 지금껏 받아보지 못했던 황송한 호의를 받아본 시골의 아이들은 헤헤거리며 동네를 뛰어다녔다.

그런데 모든 추억이 해피엔딩일 수는 없다. 여름성경학교가 끝나갈 무렵 나는 동네 어머니들이 솥단지에서 끓여 내온 고깃국을 연신 선생님 앞으로 배달했다. 선생님은 이 육개장이 너무 맛있다며 먹었고 나는 그 모습이 좋아 계속해서 육개장을 선생님께 들이밀었다. 나중 그 육개장이 보신탕으로 밝혀지면서 선생님은 개울가에 가서 먹은 것을 모두 토했다. 그리고 선생님은 내게 실망과 노여움이 섞인 눈빛을 보내며 연신 눈물을 지었다. 나는 어찌된 영문인지 모르지만 미안한 마음이 들어 이리저리 도망 다니다 선생님과 마지막 작별 인사도 못하고 말았다. 떠나면서 선생님이 나를 그렇게 찾았다는 것은 나중에 안 일이었다.

우리 집 아들은 올해 여름성경학교를 온라인으로 치렀다. 영상을 통해 각종 찬양과 퀴즈와 이벤트를 하면서 재미있는 콘텐츠를 만들어 소통했다. 내가 수십 년 전의 여름성경학교를 떠올린 것은 아마도 온라인 여름성경학교를 참여하는 아이들에 대한 안타까움 때문일 것이다. 수십 년이 지나면 모든 추억은 감각으로만 남는다. 여름성경학교에서 행복해하는 시골 아이들의 까만 얼굴들, 서울에서 온 선생님의 냄새, 보물찾기를 하며 뒷동산을 뛰어다니던 모습, 동네 어머니들이 매일 해주시던 솥단지의 음식 냄새, 눈물을 흘리며 떠나시던 서울 선생님들의 얼굴. 이런 것들은 수십 년이 지나도 여전히 어제처럼 환하다.

여담이지만 그때 여름성경학교 이후 우리는 서울 영락교회 초청으로 벽촌어린이 서울견학을 갔다. 나는 학년 대표로 뽑혀 난생처음 3박 4일간 서울구경을 했고 3박 4일만큼의 이야기를 가지고 왔다. 당시 강원도 벽촌에서 서울을 가본 아이는 지금 우주여행을 가본 아이와 비슷한 영위를 누렸다. 이때의 추억 또한 "나 때는 말이야"하고 '라떼'얘기를 할 기회가 있을지 모르겠다.

소멸의 힘

얼마 전 일산호수공원에서 국제꽃박람회가 열렸다. 코로나 방역이 풀리면서 꽃축제가 열린 것인데 많은 사람들이 꽃구경을 하러 왔다. 몇 천만 원하는 분재도 보고 세계 각국의 꽃뿐 아니라 플로리스트가 제작한 작품들도 감상했다. 야외에 전시되어 있는 힐링정원에는 다양한 꽃무리가 즐비했다. 내친김에 화훼직거래장터에서 카라와 페어리스타, 수국, 다육식물 등을 구입했다. 꽃구경은 사진이 남는 것이기에 가는 곳마다 사진도 많이 찍었다. 봄날의 꽃구경은 겨우내 막혔던 마음이 힐링되는 제대로 된 구경이었다.

우리나라는 꽃구경 천지다. 저마다 특색 있는 꽃을 자랑하고 사람들을 불러 모은다. 지역축제로 꽃잔치를 벌인다. 꽃이 지역의 대표적인 명물인 곳도 많다. 봄날에 있는 꽃축제만 해도 여럿이다. 제주 유채꽃 축제, 영주 소백산 철쭉제, 태안 세계튤립 꽃박람회, 태화강 국가정원 봄꽃 축제 등 전국이 꽃잔치를 벌인다.

사람들이 꽃을 좋아하는 것은 계절에 민감한 감수성 때문이다. 계절을 탄다고 흔히 얘기한다. 봄이면 봄을 타고 가을이면 가을을 탄다. 봄을 탈 때는 흐드러지게 핀 들꽃도 그냥 지나치지 못한다. 긴 겨울을 견딘 푸른 생명은 눈물겹게 아름답다. 봄철 가장 인기 있는 꽃은 벚꽃이다. 지역마다 벚꽃 축제가 열린다. 하얗고 탐스러운 꽃들이 가지에 옹기종기 모여 있는 모습은 탐스럽고 앙증맞다. 벚꽃이 떨어져 흩날리면 마치 눈이 내리는 것처럼 낭만적인 풍경을 자아낸다.

벚꽃은 마치 우리의 삶을 닮았다. 화려한 것은 잠깐이고 지는 것 또한 순간이다. 화려한 꽃은 바람에 의해 쉽게 떨어진다. 쉽게 피는 꽃은 작은 흔들림에도 버티지 못하고 지상으로 낙하한다. 쉽게 얻은 성공과 영예는 작은 고난에도 모래성처럼 무너진다. 꽃이 주는 성찰이다. 그것을 깨닫는 데 평생이 걸린다. 물론 나 또한 인간의 순리를 아직 모른다. 아직 평생이 모자라다. 꽃이 떨어지는 것은 죽음의 모습이다. 꽃은 자신의 생명을 다한 후 가지와 이별하고 장렬히 땅으로 떨어진다. 꽃이 떨어지는 것은 소멸의 과정이다. 사람들은 꽃이 지는 것을 아름답다고 한다. 꽃 지는 모습이 예쁘다고 환호한다. 소멸의 미학을 깨달은 것일까. 꽃의 죽음을 반기니 말이다.

이형기 시인은 꽃이 떨어지는 모습을 소멸의 미학으로 승화했다. "가야 할 때가 언제인가를/ 분명히 알고 가는 이의/ 뒷모습은 얼마나 아름다운가// 봄 한철/ 격정을 인내한/ 나의 사랑은 지고 있다"(「낙화」)고 했다. 꽃잎은 가야 할 때가 언제인지를 정확히 알고 가장 아름다운 모습으로 세상과 작별한다. 이어서 꽃이 떨어지는 것을 '결별의 축복'이라고 말한다. 시인은 세상과의 이별이 축복이라는 역설을 노래한다. 시인은 "나의 사랑, 나의 결별/ 샘터에 물 고이듯 성숙하는/ 내 영혼의 슬픈 눈"이라고 시를 마무리한다. 결별이 사랑이며, 결별을 겪고 난 후의 영혼은 성숙한 존재가 된다. 성숙한 영혼은 슬픈 눈을 가질 수밖에 없다는 아이러니도 인식할 수 있다.

왜 소멸이 축복일까. 우리는 매일 소멸을 겪으며 산다.

매일 작은 존재와 시간과 이별하며 살아간다. 지금 현재도 시간과 이별하는 중이다. 잘 만나는 것도 중요하지만 잘 보내는 것 또한 중요하다. 가야 할 때를 알고 잘 떠나는 것도 중요하다. 꽃잎이 땅에 떨어지면 흙으로 돌아가 또 다른 생명의 자양분이 된다. 소멸이 생명의 씨앗이 된다. 소멸이 축복이라는 인식은 그래서 올곧다.

새벽송

고요한 밤. 거룩한 밤. 어둠에 묻힌 밤. 저 들 밖에 한밤중에 양 틈에 자던 목자들.

한겨울 성탄전야. 동네 고샅에서부터 찬송가가 눈송이 날리듯 조용히 퍼진다. 자정이 넘은 시각. 신자들은 집집마다 대문 앞에 가서 캐럴을 부른다. 가장 순결한 마음으로 곱은 손을 호호 불어가며 캐럴을 부른다. 캐럴을 듣고 나온 사람들은 눈을 비비며 미리 준비한 과자나 음식 등을 선물로 내놓는다. 하나님을 믿는 자나 안 믿는 자나 누구든 선물을 내놓고 함께 찬송을 부르고 '메리 크리스마스'를 외치며 성탄의 기쁨을 나눈다.

지금은 사라진 새벽송의 풍경이다. 새벽송은 성탄절의 가장 달뜨는 행사이다. 성탄전야 축제는 중창과 합창, 시낭송 등으로 이어지다 몇 달간 연습해온 연극으로 대미를 장식한다. 그리고 야식을 먹는다. 대개는 떡국을 먹는다. 자정을 넘기면 새벽송 준비를 한다. 권사님과 집사님, 형 누나들, 친구들과 한 팀이 되어 할당된 동네를 돌며 새벽송을 부른다.

청소년들은 누구와 새벽송 팀원이 되는지가 가장 큰 관심사다. 평소 흠모해온 여학생들과 한 팀이 되면 그야말로 최고의 아름다운 추억이 된다. 몇 마디 대화도 나눌 수 있고 찬송을 부르는 옆모습을 슬쩍 훔쳐볼 수도 있으며 우리는 인연이라는 마음을 은근슬쩍 던질 수도 있다. 새벽송이 끝나면 모두 모여 자루에 담긴 선물 과자를 풀고 어려운 이웃들에게 나누어 줄 것과 성탄 아침 아이들에게 줄 선물을 만든다. 중등부와 고등부는 각각 교회의 아지트로 찾아 들어가 선물교환과 게임을 한다. 그러다 보면 밤을 새운다. 밤샘을 하고 성탄 오전 예배를 드리고 각자 집으로 가서 종일 잠을 자는 것으로 성탄 잔치는 끝이 난다.

새벽송은 목자들의 찬양으로부터 시작되었다. 아기 예

수의 탄생 소식을 들은 목자들이 각 가정을 돌며 기쁜 소식을 전했다. 19세기 영국에서는 집을 방문하며 성탄 캐럴을 불러주는 행사가 정착되었다. 불가리아, 그리스, 폴란드 등 유럽 대부분의 나라에서도 어린이들이 집을 돌며 성탄 캐럴을 부른다고 한다. 미국의 작가 워싱턴 어빙(Washington Irving)은 1820년 영국을 방문했을 때 새벽송을 처음 들었다고 한다. 어빙은 "십여 명의 동네 사람들로 구성되어 집집마다 돌아다니면서 창문 밑에서 노래를 불렀고, 그 화음이 서투르긴 했어도 매우 아름다웠다"고 기록하고 있다.

새벽송은 가난하고 어려운 이들을 돌아보는 일도 함께 했다. 축하의 마음과 더불어 선물을 나누는 마음이 있기 때문이다. 김종삼 시인은 "십이월 이십오일 새벽이면/ 교인들의 새벽송 소리가/ 여기도 지나다녔다"(「잿더미가 있던 마을」)고 쓴다. 시인이 얘기하는 여기는 어디인가. 1960년대의 교도소이다. 교도소에도 새벽송 소리가 들렸던 것이다. 정호승 시인은 "크리스마스이브 날 밤/ 을지로입구역 롯데백화점으로 올라가는 지하계단 옆/ 몇 명의 사내가 라면 박스로 정성껏 집을 짓는다/ 땅속에 파는 관 자리처럼"(「눈사람」)이라고 노숙자의 삶을 서늘하게 묘사한다.

걸인이 차지한 풍찬노숙의 시공간 속에서도 캐럴이 울렸다. 가장 가난하고 낮은 곳에서 더욱 절절하게 울리는 것이 또한 새벽송이다.

이번 성탄절도 그저 그렇게 지나갔다. 모든 게 예전만 못하다. 캐럴도 많이 못 들었고 성탄전야행사도 약식으로 치렀다. 지금까지 지내오면서 가장 아름답고 거룩한 풍경으로 내게 남아 있는 것은 새벽송 장면이다. 어떤 성탄절엔 눈이 내렸고, 어떤 성탄절엔 혹독하게 추웠고, 어떤 성탄절엔 한 가족에게 새벽송을 불러주기 위해 칠흑 같은 산을 넘은 적도 있다. 새벽송에는 사연이 있고, 순수하고 따뜻한 마음이 있으며 무엇과도 바꿀 수 없는 거룩한 밤의 풍경이 있다. 새벽송이 축제처럼 부활되어 성탄 캐럴이 골목마다 흘러넘쳤으면 좋겠다.

여름을 맞이하는 우리들의 자세

뜨거운 여름이다. 매년 여름을 어떻게 보낼까 골몰한다. 나는 겨울에 태어난 사람이라 그런지 여름을 좋아하지 않는다. 겨울이 좋다. 겨울밤 이불 속의 아늑함과 따뜻함을 좋아한다. 심지어 폭설과 한파로 통제된 겨울의 고립감을 좋아한다. 유년 시절을 강원도 산골에서 보냈기 때문에 그런지도 모르겠다. 북유럽의 차갑고 고즈넉한 곳에서 사는 꿈을 꾸기도 했다. 하지만 여름은 모든 것이 뜨겁고, 부패하고, 냄새나고, 끈적끈적하다. 무엇보다 저녁이 와도 대낮처럼 환하고 선명하다. 차가운 음료를 많이 마셔 배탈도 자주 난다.

올여름을 어떻게 보낼까 고민했다. 작년에 들렀던 강원도 횡성의 집필 레지던스에서 보름을 머물렀다. 그리곤 부산을 찾았다. 비교적 사람들이 드문 곳을 찾아 바닷바람을 쐬었다. 바다와 강이 함께 머무르는 구포 낙동강변의 풀밭에서 밤공기를 마셨다. 나머지의 여름은 개강 준비와 마감 일정으로 학교와 도서관을 들락거렸다.

따지고 보면 내게 피서는 조용한 곳을 찾아 나서는 일의 연속이다. 사람들로 바글바글한 해수욕장보다는 조용한 계곡이 좋다. 자리를 잡느라 전쟁인 수영장이나 워터파크보다는 집에서 에어컨 켜놓고 영화를 보는 게 훨씬 좋다. 어떤 해의 피서는 만화 조선왕조실록 15권을 집에 틀어박혀 읽은 적도 있고, 어떤 해의 피서는 사람들의 발길이 닿지 않는 지리산 계곡을 헤맨 적도 있다. 가급적 사람들과 멀어지는 것이 내게는 가장 편안한 피서이다.

사람들마다 피서하는 나름대로의 방법이 있을 것이다. 산과 계곡을 찾거나 바다를 찾는다. 물이 좋기로 유명한 계곡과 해수욕장은 해마다 사람들로 넘쳐난다. 수련회나 캠프에 참가하기도 한다. 어떤 사람들은 집에서 책을 읽거나 시리즈 드라마를 보며 피서를 한다. 집 나가면 고생이고 집이 가장 시원하며 경제적으로 이득이라는 것이다. 요즘은 호캉스가 유행이란다. 애초에 여름 휴가철 도심의 호텔은 사람이 없어 가격이 무척 저렴했다. 하지만 호캉스가 유행하면서 성수기 수영장이 딸린 도심지 호텔은 부르는 게 값이 되었다. 어쩌면 여행은 사람들로 붐비지 않는 계절이 가장 좋은 때가 아닐까.

피서는 일사병과 같은 여름철 질병으로부터 몸을 지키기 위해 시작되었다. 신라 시대 사료에는 경주 근처 울주 태화강가에서 피서를 즐겼다는 얘기가 전해진다. 고려를 거쳐 조선 시대 임금이나 신하들의 피서법은 많이 알려졌다. 전국 곳곳에 남아 있는 정자와 누각들은 여름에도 시원한 천혜의 자연경관을 가진 곳에 지어졌다.

올여름은 대한민국뿐 아니라 지구 전체가 뜨겁게 달아오르고 있다. 프랑스는 송수관까지 마르는 극심한 폭염과 가뭄에 시달리고 있다. 영국은 기상 관측 이래 최고 기온인 40도를 넘는 폭염으로 고통을 받고 있다. 유럽뿐 아니라 미국도 마찬가지이며 폭염발 글로벌 인플레이션이 우려된다는 소식도 연이어 들린다. 무엇보다 지구촌 환경과 기상에 관한 위기의식과 대처가 시급하다.

또 하나. 에어컨도 켤 수 없는 쪽방촌과 같은 주거빈곤층 혹은 에너지빈곤층이 우리 주변에 많다. 그들에게 집에서 피서를 즐긴다는 것은 다른 나라 얘기나 다름없다. 또한 바깥에서 폭염을 온몸으로 견디며 일해야 하는 노동자들도 많다. 그들을 생각하는 것 또한 무엇보다 중요하다.

여름을 어떻게 맞이하고 보내야 할까. 여름을 보내는 일 중에 가장 중요한 것은 자기 나름의 방법을 찾는 것이다. "성전과 도전의 목록을 삭제해./ 비행기를 타고 떠나는 자들에 대한/ 무시가 필요해./ 드라마와 웹툰에 대한 맹목적 신뢰가 필요해./ 비슷한 여름을 맞는 자들에 대한/ 환대도 잊지 말 것."(이재훈, 「여름을 맞이하는 우리들의 자세」)이라고 얘기한 것처럼. 행복하게 여름을 보내는 나만의 방법 찾기가 중요하다. 피서는 스트레스나 과로가 아닌 평안과 건강을 위한 것이기 때문이다.

또 다른 시작을 위한 이별

순식간이었다. 매일 사용하던 유에스비(USB)가 의자에 밟혀 산산이 부서졌다. 일순 모든 시간과 장면이 정지했다. 가만히 들어보았더니 내부까지 부서졌다. 부서진 덮개 사이로 실핏줄 같은 선들이 끊어져 있는 것이 보였다. 모골이 송연해졌다. 어찌할 바를 몰랐다. 컴퓨터에 연결을 시도했다. 완벽하게 부서져 컴퓨터 유에스비 슬롯에 끼워지지도 않았다. 곧바로 데이터를 복구해주는 컴퓨터 수리점으로 뛰어갔다. 컴퓨터와 연결이 되지 않았다. 결론은 복구불가였다.

한동안 시쳇말로 멘붕에 빠졌다. 어떻게 해야 할지 몰

랐다. 왜 메모리를 떨어뜨렸는지, 왜 책상 모퉁이에 올려 놓았는지, 왜 그날따라 의자에 힘을 주어 앉았는지 자책하고 후회했다. 하지만 이런 마음은 아무 소용없는 일이라는 걸 금세 깨달았다. 이미 유에스비 메모리는 이 세상에 존재하지 않는다. 사라진 메모리에는 각종 공문서, 논문 자료, 강의 자료, 문서자료가 가득했다. 그런 자료들은 그나마 괜찮았다. 다시 찾고 수집하면 되었다. 무엇보다 쓰다만 시 원고, 논문이나 평론 원고 등이 가장 뼈아팠다. 당장 원고 마감이 며칠 남지 않았다. 쓰던 습작시는 하나도 기억나지 않았다. 모든 것을 손 놓았다. 모든 게 귀찮아졌고 허탈했다.

며칠 후 문예지 시 마감이 닥치자 다른 방법이 없었다. 새로 시를 쓰기 시작했다. 이제 써둔 메모는 없다. 처음부터 한 행씩 시를 쓰고 지우고를 반복했다. 하얀 한글문서에 까만 커서만 깜박깜박했다. 어찌어찌 용을 써서 시 한 편을 완성해서 송고했다.

글을 써본 사람들은 공감할 것이다. 컴퓨터에 썼던 글이 삭제되었을 때의 기분을. 이루 말할 수 없이 참담하고 아픈 그 감정을. 삭제된 글 속에 뛰어난 문장이 들어 있는 것만 같고, 다시는 그러한 감정이 찾아올 것 같지 않고, 이제 다시는 비슷하게라도 쓸 수 없을 것 같은 절망으로 가득 찬다. 내 최고의 명작은 이미 삭제된 컴퓨터 파일 속에 있을 것 같은 착각에 시달린다. 썼던 글을 다시 시작할 엄두가 도저히 나지 않기에 모든 걸 포기하자는 마음에까지 이르게 된다. 누구도 원망할 수 없고 자신만 책망하는 우울한 시간에 빠진다.

하지만 다시 새롭게 시작할 수밖에 없었다. 어쨌든 써야 하니까. 쓰는 것이 내 삶이니까. 써놓았던 수십 편의 시는 없어졌지만, 그 시들은 이 땅에 나와서는 안 되는 운명이라고 생각했다. 쓰다만 각종 원고들을 모두 새롭게 시작했다. 다시 자료를 수집하고 개요를 짜고 방향을 설정하며 시간을 보냈다. 후회가 마감을 해주는 게 아니기 때문에 다른 생각을 할 여유가 없었다.

그렇게 시간이 지나니 또 그런대로 괜찮아졌다. 오히려 새로운 기분이 들기도 했다. 이번 기회에 시 세계를 혁신해볼까 하는 생각도 했다. 평소에는 하지 않던 생각이다. 내게 다시 새롭게 시작한 경험이 얼마나 될까. 되돌아보면 많은 일들이 새로운 일에서 큰 힘과 용기를 얻었다. 돈이 없어서 반지하로 이사 갔을 때. 출판사나 각종 공모에 투고해 떨어졌을 때. 생전 처음 수술대에 올랐을 때. 긴 여행을 마치고 돌아왔을 때. 연애를 하다가 이별했을 때. 이번처럼 쓰다만 원고들을 모두 날렸을 때.

우리는 늘 새로운 시작을 경험하며 살아간다. 윤동주 시인은 "어제도 가고 오늘도 갈/ 나의 길 새로운 길// 민들레가 피고 까치가 날고/ 아가씨가 지나고 바람이 일고// 나의 길은 언제나 새로운 길/ 오늘도… 내일도…"(「새로운 길」)라고 했다. 어제뿐만 아니라 오늘도 내일도 새로운 길 위에 서 있다.

새로운 길을 가려면 이전 길과 이별해야 한다. 이별은 끝내는 것이 아니라 비우는 일이다. 사랑하고 이별하는 것이 그런 것처럼. 어쩌면 이번 습작과의 이별은 꽤 괜찮은 선택인 것만 같다. 새로운 시작은 이별을 담보로 할 때 가능하며 이별은 새로운 시작을 위한 선물이니까.

만보
걷기

저마다 하나씩 취미가 있기 마련인데 내게도 몇 가지 취미가 있다. 열정적으로 하는 것은 아니지만 오랫동안 해온 것은 프로야구 시청이다. 늦은 오후 혼자 소파에 몸을 파묻고 시청한다. 긴 시간을 보기 때문에 가족들의 눈총을 많이 받는다. 가끔씩 야구장에 직관을 가기도 한다. 꼴찌팀인 한화 이글스팬이다. 평소에는 전혀 하지 않는 욕을 이때는 조금 한다. 최근 생긴 취미는 캘리그라피이다. 평소에 손글씨를 좋아했는데 제대로 쓰고 싶어서 캘리그라피용 펜과 붓을 구비했다. 펜으로 쓰는 것과 붓으로 쓰는 것은 전혀 다르다는 것을 느끼는 중이다.

또 하나. 취미라고 하기에는 멋쩍지만 걷기를 취미로 꼽을 수 있다. 하루 만보 걷기가 목표다. 걷기를 시작한 것은 순전히 게으름 때문이다. 나이가 들면서 몸이 부실해지자 운동이 필요했다. 평소 움직이는 것을 싫어하고 가만히 있는 것을 좋아하는 성미 탓에 울며 겨자 먹기로 선택한 운동이 걷기이다.

걷는 것이 무슨 운동이 되는가 싶었지만 걷다 보니 꽤 괜찮은 것이다. 축구도 야구도 자전거도 달리기도 굳게 마음먹어야 가능하지만 걷기는 마음먹지 않아도 부담 없이 할 수 있다. 시간이 부족한 경우에는 지하철이나 버스를 한 정류장 먼저 내려 걸어서 집으로 간다. 이처럼 걷기는 일상생활 속에서도 가능하다. 또 비용이 들지 않는다. 집에 있는 운동화만 있으면 된다. 준비물도 필요 없다. 시간과 장소도 문제가 되지 않는다. 비가 와도 그런대로 괜찮다. 나는 오래 걷기 위해 러닝화를 하나 샀다. 만보기 어플을 이용하여 포인트를 적립하면서 걷는다. 걷다 보면 어느새 적립금이 쌓여 딸아이에게 햄버거를 사주는 재미도 쏠쏠하다. 집 근처의 여러 코스를 알아두고 이곳저곳 주유하며 걷는다.

산책길을 걷다 보면 정말 많은 사람들을 만난다. 경쟁

하듯 열심히 걷는 사람도 있고 천천히 사색하며 걷는 사람도 있다. 걷다 보면 많은 풍경과 만난다. 계절과 만나고 꽃과 풀과 나무와 여러 동물도 만난다. 걸어야 볼 수 있는 것들이 있다. 수많은 걷기대회와 걷기코스와 산책길이 생긴 것은 걷기의 매력 때문이다. 걷기는 가장 원시적이고 기초적인 움직임이다. 직립보행을 하는 인간이 할 수 있는 최적의 행위가 걷는 것이다. 이런 이유로 많은 작가들이 걷기를 예찬한다. 헨리 데이비드 소로, 장 자크 루소, 빅토르 세갈렌, 피에르 쌍소, 랭보, 스티븐슨, 하이쿠 시인 바쇼 등등.

『걷기예찬』을 쓴 다비드 르 브르통은 "오늘날 걷는 사람은 개인적 영성의 순례자이며 그는 걷기를 통해서 경건함과 겸허함, 인내를 배운다. 길을 걷는 것은 장소의 정령에게, 자신의 주위에 펼쳐진 세계의 무한함에 바치는 끝없는 기도의 한 형식"이라고 얘기했다. 걷기가 기도의 한 형식이라는 글에서 마음이 정지되었다. 그만큼 걷는 것은 간절한 소망과 성찰의 시간을 담고 있다.

걷기는 자본의 속도에 역행하는 행위이다. 문명이 발달할수록 걷지 못하게 하는 장치와 도구들로 가득하다. 자동차는 물론이고 엘리베이터와 에스컬레이터 등을 보라.

문명은 인간들이 가장 적게 걷고 빠르게 이동하는 동선을 끊임없이 개발하고 있다.

일제히 신속함을 목표로 뛰고 있을 때 걷는 행위는 얼마나 비효율적으로 보일까. 걷는 것은 자본이 이해하는 시간과 다른 시간을 사는 것이다. 우리는 가끔씩 느리고 정지된 시간 속을 살아야 될 때가 있다. 그 시간은 성찰의 시간이며 비로소 본질적인 인간의 시간이다. 오늘도 만보를 걷는다. 걸으며 생각한다. 때론 아무 생각 없이 걷거나 풍경만 보고 걷는다. 걷다 보면 내 숨소리, 심장소리, 맥박소리, 머리칼 냄새, 손끝으로 전해지는 바람의 감촉을 느낀다. 그리고 내가 원했던 순례의 시간이 평범한 일상 속에서도 가능하다는 것을 깨닫는다. 수행은 세상과 절연된 수도원이나 깊은 다락방에서가 아니라 군중 속의 고독 가운데서도 가능하다. 걷기는 그 수행을 가능케 한다. 걷다가 걷다가 뒤돌아보면 어느덧 내가 꿈꾸는 산티아고의 순례길에서 걷고 있는 나를 발견할지도 모르겠다.

겨울
콧바람 선물

겨울 바다를 다녀왔다. 친한 형인 최 작가는 장편 희곡을 쓰기 위해 강원도 고성에 집필실을 마련하고 칩거 중이다. 형은 답답해서인지 고성으로 놀러 오라고 수차례 얘기했다.

“고성으로 건너와. 서울에서 2시간밖에 안 걸려. 여기 바다 좋아. 동해에서 최고야. 이럴 때일수록 콧바람도 좀 쐬고 해야지,”

형은 마치 옆 동네에 놀러 오라는 식으로 얘기했다. 고성은 한 번도 가보지 못한 동네였다. 고성이 궁금해졌다. 답답한 일상에서 벗어나고 싶었다. 콧바람도 좀 쐐야 한다는 말이 귀에 계속 맴돌았다. 며칠 후 가까운 선배 시인인 장 교수와 함께 동해 바다의 최북단 고성으로 향했다.

제일 먼저 도착한 곳은 거진항이었다. 포구는 작고 고요했다. 포구에 고여 있는 바닷물은 바닥이 보일 정도로 투명했다. 방파제를 지나 등대까지 천천히 걸었다. 고기잡이배들이 여러 척 정박해 있었다. 해변에는 아무도 없었다. 해변을 천천히 걸으며 동해를 오래 바라보았다. 거진항은 동해처럼 거칠고 웅장하고 깊지 않고 고즈넉했다. 우리는 아예 거진에서 하루를 묵기로 했다. 거진수산시장까지 걸어갔다. 수산시장의 횟집에서 모듬회를 먹었다. 회 맛은 말해 무엇하랴. 기가 막히다라는 말은 이때 쓰는 말이다.

다음 날 아침에는 거진항 앞에서 군함을 오랫동안 보았다. 갑판에서 먼바다를 바라보는 해군 장병들에게 손을 흔들어 주었다. 늦은 아침을 먹고 청간정(淸澗亭)으로 갔다. 관동팔경 중의 하나이며 송강 정철과 우암 송시열이 극찬했던 곳이다. 우리는 저마다 역사적 지식을 늘어놓으며 정철의 시가 태어난 풍광을 눈 속에 담았다. 설악의 골짜기에서부터 흘러온 청간천이 바다와 만나고, 기암절벽과 송림 속에 청간정이 있었다. 시를 한 편씩 써야겠다고 농담을 하며 풍경 속에 마음을 부렸다.

우리는 곧바로 청간정에서 대진항으로 향했다. 대진항은 동해에서 가장 끝자락에 위치한 포구이다. 대진항으로 향하는 해변도로의 경관은 아름다웠다. 옥빛으로 반짝이는 바다는 형언하기 힘든 색을 품었다. 아름다움 속에 쓸쓸함과 그리움을 함께 품은 듯했다.

대진항을 산책한 후 통일전망대로 향했다. 통일전망대 출입신고소에서 신고를 하고 전망대로 향했다. 코로나의 여파인지 사람들이 별로 없었다. 북한술과 기념품들을 파는 상점들도 예전만 못하다고 했다. 통일전망대에서 바라보는 해안은 절경이었다. 북으로는 금강산 자락인 낙타봉과 해금강이 손에 잡힐 듯 가깝게 보였다. 아름다운 산맥이었다. 북으로 향하는 동해선의 철로가 선명하게 보였다. 저 철로를 따라가면 북한이 지척이다. 통일전망대에서 내려오면서 DMZ박물관에 들렀다.

늦은 오후가 되자 동해안 최대 석호인 화진포로 향했다. 화진포의 호수는 꽝꽝 얼어 있었다. 철새들이 얼음 위에 앉아 늦은 햇살을 쬐고 있었다. 화진포에서 김일성 별장, 이승만 별장, 이기붕 별장을 차례대로 둘러보았다. 김일성 별장에서 바라보는 화진포와 해변 절경은 대단했다. 마지막 날 아침 최 작가가 전화를 했다. 꼭 봐야 하는데 못 본 곳이 있다는 것이다. 우리는 곧바로 4대 사찰 중 하나인 금강산 건봉사로 갔다.

형의 말대로 제대로 콧바람을 쐬었다. 그동안 팬데믹으로 인한 잦은 유폐와 고립으로 마음이 황폐해져 있었다. 자연은 사람을 치유한다. 김남조 시인은 "나를 가르치는 건/ 언제나/ 시간……/ 끄덕이며 끄덕이며 겨울 바다에 섰었네.// 남은 날은/ 적지만// 기도를 끝낸 다음/ 더욱 뜨거운 기도의 문이 열리는/ 그런 영혼을 갖게 하소서"(「겨울바다」) 라고 노래했다. 지난 시간에 대한 성찰과 기도가 열리는 것은 바다가 주는 축복이다. 신경림 시인은 "멀리 동해 바다를 내려다보며 생각한다/ 널따란 바다처럼 너그러워질 수는 없을까/ 깊고 짙푸른 바다처럼/ 감싸고 끌어안고 받아들일 수는 없을까"(「동해 바다」)라고 반성한다. 겨울바다를 보고 오니 좀 더 너그러워진 것 같고 감싸고 끌어안고 받아들이는 마음이 된 것 같다. 자연이 주는 선물을 듬뿍 받고 왔다. 자연과 마주한 바람내가 아직도 콧속에 쟁쟁하다.

이병조

내 친구 이병조 이야기이다. 병조는 나의 중학교 동창이다. 중학교 때 늘 학급 반장을 했다. 이문열의 소설 『우리들의 일그러진 영웅』의 엄석대가 바로 병조였다. 선생님을 대신해서 친구들에게 체벌을 하고 군기를 잡았다. 우리 학교의 짱이었다. 병조와 싸워본 친구는 아무도 없다. 병조와는 감히 싸워볼 엄두를 내지 못했다.

병조는 교회를 다녔다. 연년생 동생 병철이와 함께 교회에 다녔다. 그 시절에는 교회에 가야 재미있게 놀 수 있었다. 게다가 여학생들과도 교류를 할 수 있었다. 병조는 학교에서 제일 키가 큰 학생이었고 나는 학교에서 키가 제일 작은 학생이었다. 내게 가장 친한 친구는 병조였다. 병조와 친구였기 때문에 아무도 나에게 싸움을 걸지 않았다. 우리는 많은 얘기를 나누었다. 친구에 대해. 여자에 대해. 미래에 대해. 가족의 비애에 대해. 구원에 대해. 하나님에 대해.

고등학생이 되자 우리는 뿔뿔이 헤어졌다. 병조와 나는 서로 다른 근방 도시로 고등학교를 다녔다. 주말에 만나 파란만장한 고교 시절의 무용담을 나누었다. 중학교 때 짱이었던 병조는 타도시에서도 짱이 되기 위한 고군분투를 벌였다. 아니, 그건 그의 선택이 아니었다. 병조는 늘 짱이 되고 싶어하는 친구들의 도전을 받아야만 했다. 그것을 숙명처럼 받아들였다. 오로지 자존심 때문이었다.

고등학교 졸업 후 우리는 나란히 대학을 포기했다. 이 세계의 모든 제도는 우리를 더욱 외롭게 만들었다. 그 시절 병조의 가족들은 모두 서울로 올라왔고 병조는 재수를 시작했다. 나는 병조에 이끌려 서울로 올라왔다. 우리는 저마다의 불운을 자랑처럼 얘기하며 세상을 원망했고 그 시절을 함께 보냈다. 독서실과 고시원을 전전했다. 가난했지만 행복했던 시절이기도 했다.

서로 꿈이 있었다. 이년 후 병조는 지방의 한 신학대학교에 입학했다. 그는 하나님의 사람이었다. 병조를 본 모든 목사님들은 큰 부흥목사가 될 재목이라고 했다. 병조는 사람을 끄는 언어를 가지고 있었다. 그와 함께 있으면 모두 그의 신도가 되었다. 신학대에서도 그는 유명한 학생이었다. 과대표를 맡고 신학대의 불공정한 일들을 변화시키기 위해 앞장섰다. 신학교 근방 교회에서 사역을 열심히 했다.

늦은 나이에 군대를 다녀온 병조는 갑자기 신학대를 그만두었다. 장남으로서 집안을 돌봐야 한다며 자동차 영업사원으로 취직을 했다. 그때 나는 내 인생의 첫차인 마티즈를 병조를 통해 구입했다. 그는 자동차영업사원으로 승승장구했다. 회사의 임원들이 그를 불러 칭찬을 아끼지 않았다. 고졸사원으로 가장 성공한 신화가 되었다. 삼십 대 초반 잠실에 100평이 넘는 영업소 소장이 되었다. 오십 대의 사원들이 그에게 소장님 하면서 인사를 했다.

고향 교회 한 살 많은 누나와 연애를 했다. 곧 결혼을 하고 아이를 셋 낳았다. 서른이 넘어가면서 살이 찌고 배가 나왔다. 퇴근하면 삼겹살에 소주를 마시며 그날의 실적을 얘기했다. 그러나 행복하지 않다고 했다. 늘 본질에 다가가기를 원했다. 구원과 사랑에 대해 얘기하기를 즐겼다. 물론 답 없는 말들과 무용담이 섞여 다음 날이 되면 허망하기도 했다.

병조가 운영하던 영업소는 몇 년을 버티지 못했다. 빚이 눈덩이처럼 늘어났다. 형제들과 가족들이 힘들어했다. 그는 아이 셋을 키우는 가장이었다. 동창의 소개로 대형마트에서 청과와 정육을 팔았다. 그의 말로는 십 원 짜리 장사라고 했다. 십 원이 얼마나 소중한지 알겠다고 했다. 동네 아주머니들에게서 인기가 많았다. 정이 많고 재밌게 말을 잘하니 그럴 수밖에.

병조는 인천에 마트를 차렸다. 열심히 꾸려나갔다. 하지만 돈은 크게 벌리지 않는 것 같았다. 그는 돈이 아니라 사람이 몰려드는 타입이다. 아프고 힘들고 상처받은 사람이라면 그의 얘기가 듣고 싶을 것이다. 요즘 장사가 잘 안 된다고 했다. 돈을 조금 더 벌기 위해 새벽배송을 시작했다. 새벽배송이 의외로 도움이 된다고 했다. 병조는 새벽 오토바이 배달을 하다가 교통사고가 나서 머리를 크게 다쳤다. 그리고 이틀 후에 하나님의 부름을 받고 천국으로 갔다. 고등학생과 대학생 자녀들을 남기고 고통 없는 곳으로 갔다. 향년 48세.

내 친구 이병조 이야기다. 내게는 새벽에도 부담 없이 전화를 하는 유일한 친구였다. 병조가 못다 이룬 신의 섭리 때문인지 오래 동고동락했던 창수는 하나님의 기름부음을 받았다. 창수는 목사님이 되어 병조의 장례식을 집도했다. 지난 6월 16일이 그가 하늘나라로 간 기일이었다.

3부

아저씨의 해방일지

생업 시인 고군분투기

억울하지는 않다. 시인의 삶에 대해 억울함을 가진다는 것은 가당치 않은 일이다. 이십 대 시절엔 세상사는 일에 대해 막무가내였다. 내 삶을 돌볼 겨를이 없었다. 시가 너무 좋으니까. 시인만 될 수 있다면 거지가 되어도 좋다고 생각했다. 시만 쓰게 해달라고 기도한 적이 몇 번이던가. 지금 나는 시를 쓰며 살아가고 있다. 그러므로 억울하지는 않다. 모두 내가 선택한 것이므로.

애초에 시인은 경제적인 독립을 할 수 없는 부류라고 생각한 적도 있다. 시인은 가난하지만 지고한 뜻을 가진 자들이기에 물질을 바라서도 안 되고, 물질을 탐해서도 안 된다는 해괴한 윤리의식을 갖고 있었다. 그래서인지 시인이 되기 위해서는 굶는 연습과 혼자 사는 연습부터 해야 한다는 다소 망측한 소문이 유포되기도 했다.

"시에 목숨 건다"는 말이 있다. 습작 시절에 매일같이 하고 듣던 말이다. 등단 이후에도 늘 하던 말이기도 하다. 시에 목숨 건다는 말의 이면에는 시를 목숨처럼 생각하고 잘 쓰겠다는 의미도 있겠지만 더 현실적인 의미는 미래의 가난함을 견딜 수 있다는 다짐이기도 하다. 대학의 국문과나 문창과에서 시인으로 등단하는 수는 그리 많지 않다. 한 교실에 1명이 나올까 말까 한다. 이들은 모두 한 때 시인이 되기를 희망한다. 하지만 졸업반이 될 즈음이면 불투명한 미래의 무게를 견디지 못한다. 시인으로 사는 것은 시를 잘 쓰느냐 못 쓰느냐보다 불투명한 미래를 얼마나 견딜 수 있느냐에 따라 결정되는 것은 아닌가는 생각도 과장된 것만은 아니다.

이런 문학 청춘의 결기 어린 다짐도 세월에 당해낼 재간이 없다. 생활인으로서 살아야 하는 시인이 되면서 생각은 점차 변한다. 시인도 먹고 살아야 하고, 시인도 결혼을 해야 하고, 시인도 집이 있어야 한다. 그래야 궁색하지 않은 시를 쓸 수 있다는 자기합리화가 생활인을 자처하는 시인들의 의식 저변에 자리잡기 시작했다.

나는 시인으로서는 아주 용감하고 무모한 축에 속한다. 집도 없이 결혼을 하였다. 이쯤에서 만족해야 했는데 첫째 딸을 낳았고, 둘째 아들을 낳았다. 시인 사회에서는 다산에 속한다. 아무런 대책은 없었다. 결혼했으면 당연히 아이를 양육해야 한다는 고전적인 가족관을 탓하기에는 내가 너무 무책임했던 것일까. 너무나도 어여쁜 아이들을 보는 행복을 안고 살아가는 대신 생활인으로서 치러야 하는 고단함은 이루 헤아릴 수 없다. 이쯤에서 눈물의 드라마 한 편을 써야 할 것 같다.

나의 직업은 시인이다. 시인들은 모두 시인이 생업을 지탱하는 직업이라고 생각한다. 시인은 직업군이 아니라고 말하는 사람들도 많다. 하지만 나는 그렇게 생각하지 않는다. 시인은 직업이다. 시를 써서 먹고 살지 못하고 다른 일을 해서 먹고 살더라도 시인들은 대부분 시가 자신의 존재를 증명하는 첫 번째 직업이라고 생각한다.

또 하나의 직업은 비정규직 교수 혹은 강사이다. 이런 저런 복잡한 직책으로 불리지만 시간강사와 비슷한 자리라고 보면 된다. 이 자리를 얻기 위해 대학원에서 10년 동안 학생 신분으로 살았다. 지금은 학령인구가 점차 줄

어들고 대학도 위기에 처해 있어서 늘 위태위태하다. 그러면 왜 정규직 교수가 되지 않느냐고? 그 이유를 수십 가지 이상 댈 수 있지만 나의 자존과 궁색함을 들키고 싶지 않아 참기로 한다.

세 번째 나의 직업은 출판사 비상근 편집자이다. 출판사에서 발행하는 시 전문지 주간을 맡아 일하고 있다. 월급은 없다. 주변 사람들은 대부분 알겠지만 출판사 비상근 편집자는 상징적인 의미가 큰 자리이다.

네 번째 나의 직업은 집필 노동자이다. 콘셉트만 주어지면 세상의 모든 글을 쓸 수 있다는 마음가짐으로 일을 받는다.

다섯 번째 나의 직업은 살림과 육아이다. 우리는 주말부부이다. 주말에 아내가 아르바이트를 나가면 전적으로 아이들을 내가 돌본다. 아이들은 나와 함께 있는 것을 좋아한다. 나와 있으면 자유니까. 만화영화도 컴퓨터 게임도 할 수 있으니까.

데뷔 이십 년차 시인이며 네 가족의 생계를 책임지고 있는 나의 생활은 보시는 바와 같다. 그러면 여행은 언제 가고 시는 언제 쓰냐고? 하는 일은 많지만 의외로 노는 시간도 많다. 여행도 자주 가고, 시도 열심히 쓴다.

가장 미안하고 고마운 것은 아내이다. 시인을 남편으로 둔 대부분의 아내들이 그렇겠지만 아내도 육아를 책임지며 일주일에 두 번 일을 나가고 각종 아르바이트를 한다. 이렇게 고군분투를 해야만 겨우 입에 풀칠하며 근근이 살아간다. 한 달에 숨만 쉬어도 나가는 돈이 얼마얼마쯤이다. 더 자세한 사정은 나의 자존과 궁색함을 들키고 싶지 않아 참는다. 독립운동하는 마음으로 혹은 투철한 박애와 봉사정신으로 결혼해야 하는 직업 두 가지가 시인과 교회 전도사라는 우스갯소리가 있다. 그 우스갯소리를 전해준 자가 바로 결혼 전의 나의 아내이다. 마치 자신의 헌신적인 미래를 예감이라도 하듯.

그러면 다른 시인들의 경우는 어떠할까. 시인들의 생업 분투기는 더하면 더했지 덜 하지는 않을 것이다. 나는 이십 년차 시인으로 시인들의 생활 언저리를 자주 기웃거린 바 있어 대체로 소상히 알고 있다. 시를 쓰는 일은 자영업이다. 원천징수 3.3%를 제하고 원고료를 받는다. 2016년 한국고용정보원이 조사한 '한국의 직업조사'에서 가장 연봉이 낮은 직업 순위를 매긴 적이 있다. 2위는 수녀, 3위는 신부, 4위는 육아도우미, 5위는 연극 및 뮤지컬배우이다. 대망의 1위는 바로 시인이다. 시인이 연봉이 가장 낮은 직업 1위를 차지했다. 1년 평균 연봉이 542만 원이다. 한 달 평균 수입이 45만 원이다. 이 사실이 크게 놀랄만한 뉴스는 아니다. 왜냐하면 시만 써서 먹고사는 시인들은 적기 때문에.

시인들에게 먹고사는 방편으로서 최고의 직업군은 정규직이다. 예를 들면 공무원이나 교사, 교수, 대기업 사원 등과 같은. 하지만 이런 시인들은 극히 부러운 소수이므로 열외로 놓자. 시인들은 신자유주의 사회의 경쟁에서는 밀릴 수밖에 없다. 시를 쓰며 영어와 취업 준비를 모두 할 수 있을까. 매일 시만 써도 좋은 시를 써내기 힘들다. 시인들은 경쟁하는 사회에 대해 저항하는 자들이다. 그렇기에 시인이 삶을 영위하기 위해 일하는 또 다른 직업도 다양하다. 대학원 조교, 도서관 강의, 출판사, 각종 시 창작 강의, 학원 강사, 각종 집필 알바 등등. 시와는 무관한 일에 큰 에너지를 쏟고 있다. 그런 일들에 치여 시를 못 쓴다고 해도 어쩔 수 없는 일이다. 모두 시인 스스로 감내해야 하는 일이다.

시는 한 국가의 중요한 문화적 자산이다. 그 문화적 자산을 창출해내는 시인들의 삶은 극도로 열악하다. 시인들은 가난하게 살아야 한다는 허황된 신념이 시인들을 더 어렵게 만들고 있다. 수년마다 한 번씩 로또에 당첨되듯 찾아오는 각종 지원금은 언 발에 오줌누기와 같다. 예술인복지재단과 같은 곳은 그나마 고단한 생활 속에서 만나는 단비와도 같다. 시인들의 재능을 시민들과 공유할 수 있는 기회가 더 많아졌으면 좋겠다. 자기가 살고 있는 동네에서 시를 읽고 나눌 수 있는 기회가 많아졌으면 좋겠다. '한 동네 한 시인 만나기'와 같은 기획이 늘어났으면 좋겠다. 기업체마다 시인들을 후원하면서 사원들과 정기적으로 시를 읽었으면 좋겠다. 시를 읽는 동네, 시를 읽는 회사, 시를 읽는 나라는 그 무슨 의미에서든지 지금보다는 백배 천배 더 나을 것이다. 그냥 받는 지원금이 아니라 시인으로 재능을 나누며, 그 노동을 통해 정당한 대가를 받고 싶다. 그러한 기회를 통해 시인들도 문학으로 일하며 살아가는 기쁨을 누리고 싶다.

만년 꼴찌의 꿈

프로야구의 계절이 왔다. 프로야구 시즌이 시작되면 나는 매일 경기 하이라이트와 영상 클립을 본다. 시간이 있는 날은 저녁 내내 야구 중계를 본다. 함께 사는 가족들의 원성을 들으면서 꿋꿋하게 본다. 가끔씩 MLBPARK나 STATIZ나 Foulball 사이트를 들락거리고, 일 년에 몇 번씩 경기장을 찾기도 한다. 주말 오후나 평일 저녁에 소파에 몸을 파묻고 간식을 먹으며 야구를 보는 게 큰 즐거움이다.

나는 한화 이글스 팬이다. 7-8-3-9-10. 한화 이글스의 최근 5년간 순위이다. 늘 최약체로 평가받는다. 작년엔 10개 구단 중에 꼴찌를 했다. 더군다나 삼미 슈퍼스타즈가 세운 프로야구 최다 연패인 18연패를 달성했다. 지는 게 쉬운 거 같지만 계속해서 지는 건 정말 힘들다. 지는 게 이기는 거라는 말도 있지 않나. 그걸 프로에서 실천하는 팀이다. 매년 리빌딩과 육성을 모토로 한다. 비싼 연봉선수들을 스카우트해보았지만 성공사례가 별로 없다. 우승 제조기 김응용 감독도, 야구의 신 김성근 감독도, 국가대표 명장 김인식 감독도 한화에 와서 흑역사를 쓰고 갔다.

한화 팬들을 보살이라고 한다. 매번 지는 경기를 응원하는 한화 팬들의 인성과 인내를 배워야 한다고 한다. 한화 이글스를 응원하게 되면 대단히 복잡하고 형언하기 어려운 감정을 경험할 수 있다. 평소 화가 많은 분들이나 기도가 부족한 분들에게 권하고 싶다. 간절한 기도의 의미를 깨닫게 될 것이며, 마음의 수양을 쌓을 수 있을 것이다. 한화의 팬들은 지는 경기마저도 제대로 즐길 줄 아는 진정한 야구인인 것이다.

정말 지는 게 이기는 것일까. 마음을 내려놓으면 오히려 더 편안해진다. 승패를 떠나 경기를 즐길 수 있다. 이기면 이기는 대로 지면 지는 대로 새로운 긴장을 느낄 수 있다. 마음을 다스리지 않으면 한화를 응원할 수 없다. 화병으로 건강을 크게 다칠 수 있다. 이기지 못하고 늘 지는 삶이 있다. 경기에서 자주 지는 유전자가 있고, 자주 이기는 유전자가 있다.

우리는 경쟁을 필생의 업으로 안고 살아간다. 늘 누군가와 싸워서 이겨야 겨우 한 자리를 차지할 수 있다. 야구의 경쟁은 프로경기가 갖는 정체성의 일면을 가장 선명하게 보여준다. 팬들은 응원하는 팀에 감정이입을 한다. 현실의 경쟁에서 패배하더라도 프로야구의 경쟁에서는 이기고 싶은 것이다. 현실의 승리보다 경기의 승리가 훨씬 쉽기 때문이다.

야구경기를 자주 인생에 비유하곤 한다. 9회말 투아웃에 기적 같은 역전이 가능하며, 각자의 포지션에서 모두 제 역할을 잘해야만 승리할 수 있다. 투수가 아무리 잘 던지더라도 같은 팀 타자들이 점수를 내주지 않으면 승리를 할 수 없다. 자신이 죽고 남을 살리는 희생타가 있는 것도 야구가 유일하다.

시에서도 자주 야구를 통해 본질을 투시한다. 이장욱 시인은 "까마득한 플라이 볼을 바라보며 아득해지는 써드베이스맨의 비애를 이해하는 이상한 날"(「결국」)을 통해 삶의 단면을 깨닫기도 한다. 여태천 시인은 "플라이 볼의 실재는/ 볼에 있는 걸까, 플라이에 있는 걸까./ 비어 있는 궁리(窮理)에 있는 걸까"(「플라이아웃」)라며 사물의 이치에 대해 골몰하기도 한다. 우리 삶에 희망이 있는 걸까. 선수는 승패와 무관하게 매번 최선을 다해 방망이를 휘두르고 베이스를 돌면 된다. 그것이 비를 무사히 피하는 방법이다.

한화 팬에게도 꿈이 있다. 1992년 빙그레 이글스 시절 우승을 했다. 우울할 때는 빙그레 이글스 시절을 기억하는 것도 나쁘지 않다. 누구에게나 리즈 시절이 있는 법이니까. 한화도 언젠가는 다시 우승을 할 수 있지 않을까. 우승을 바라는 것보다 가을야구만이라도 가는 게 최선 아니냐고? 그것이 현실 아니냐고? 아니다. 늘 우승이 목표다. 8회에 '최강한화'를 외치는 팬들의 육성응원을 들었다면 알 것이다. 기적은 언제나 일어나니까.

아버지가
아프시다

아버지는 평생 목회를 하셨다. 전국의 시골 지역을 돌며 노인목회를 하셨다. 명절이 되면 노인들이 검은 비닐봉지에 소고기나 떡 등속을 넣어 방문했다. 이 목사님 고마워. 내가 줄 게 이거밖에 없어요. 때로는 고향에 내려온 자식들을 앞세워 세배를 시키기도 했다. 어머니께서 이 목사님 얘기를 그렇게 하십니다. 어머님을 보살펴 주셔서 정말 감사하다며 연신 머리를 숙였다. 어르신들에게 인기가 좋았다. 노인대학을 열어 무료한 시골살이를 신명나게 만들었다. 봄가을이 되면 관광버스를 불러 꽃구경을 갔다. 아버지는 늘 활기차고 건강하셨다. 감기 한 번

걸리지 않으셨다. 정년 퇴임 예배에서 가장 감사한 일이 건강을 주신 거라고 말씀하실 정도였다. 평생 목회를 하며 병치레가 없었기에 교인들에게 걱정을 안 끼쳤다고. 그것이 가장 감사한 일이라 했다. 그런 아버지가 이제 아프시다.

아버지가 쇠약해지기 시작한 것은 일 년이 채 되지 않는다. 심장에 작은 문제가 생겨 스탠드 시술을 했는데 엎친 데 덮친 격으로 운동을 하다 계단에서 굴러 발목이 부러졌다. 몇 달을 병원 신세에 입원까지 겪고 난 후 급속히 쇠약해지셨다. 몇 달 제대로 걷지 못하고 나니 하체는 힘이 들어가지 않을 정도로 약해졌다. 게다가 디스크 협착과 역류성 식도염이 함께 왔다. 역류성 식도염으로 잠을 제대로 못 주무셨다. 스탠드 수술한 부위도 자꾸 아프다고 하셨다. 한마디로 몸 전체가 고장이 났다. 약을 한 주먹씩 복용하셨다. 급기야 아버지는 응급실을 찾았다. 지난 어버이날의 일이다. 대전에서 서울 연세대세브란스 응급실까지 내달렸다.

우리 가족은 공지사항 단톡방이 있다. 단톡방을 통해 가족들의 근황과 기쁜 일이나 힘든 일을 알린다. 때론 여행을 가거나 식사를 할 때 찍은 사진들을 공유하는 여행

앨범의 역할을 하기도 한다. 아버지가 아프시고 난 후 단톡방은 가장 발 빠르게 작동을 했다. 아버지의 증상과 병후를 공유하고 각자 가지고 있는 치료지식과 방법을 의논한다. 병원진료 경과일지를 써서 단톡방에 알린다. 병은 소문내라고 했다. 단톡방의 집단지성이 작동하니 훨씬 마음이 편하고 의지가 됐다. 응급실에서 큰 병적 징후가 발견되지 않아서 아버지를 우리 집으로 모셨다. 형제들도 모두 모였다. 함께 저녁을 먹으며 참 다행이라고 중보기도 덕분이라고 마음을 쓸어내렸다. 다행히 그 후로 아버지는 많이 좋아지셨다. 여러 약을 함께 복용하여 생기는 약물부작용이라는 새로운 진단에 따라 약을 끊고 생활하신다. 지금은 매일 운동을 하고 식사도 잘 하신다. 옆에서 물심양면으로 도와주시는 대전 가장제일교회 김상인 원로목사님 등 목사님들의 도움도 컸다.

아버지에 대한 시를 쓴 적이 있다. "성실한 교사이자/ 건축노동자이자/ 노인들의 벗이자/ 신의 뜻에 결박당했던/ 당신은/ 물리도록 국수만 드셨다고 한다. (중략) 몇 젓가락이면 금세 비워지는 국수처럼/ 아련한 청춘이 빨리 비워지길 바라신 것일까./ 늦은 오후 당신의 삶이 국수처럼 말려 올라갔다."(졸시, 「국수」) 아버지는 국수를 좋아하셨다. 국수는 내가 가장 좋아하는 음식이다. 하지만 지금 아버지는 국수를 안 드신다. 건강 때문이다.

위의 시는 한 토막의 단상에 지나지 않는다. 아버지의 인생에 대해서는 아직 내가 말할 필요가 없다. 아버지는 아직 현역이기 때문이다. 목사는 은퇴하더라도 평생 목사라 불리는 직업이기에 현역과 다름없다. 사실 나는 아버지의 병환보다 어머니가 더 걱정이다. 곁에서 병간호를 하다가 탈이 날까 겁이 난다. 어머니는 말씀하신다. 아들아. 아버지에 대한 시는 쓰면서 왜 엄마에 대한 시는 안 쓰니. 멋있게 한번 써봐라. 그 대답을 여기에 남긴다. 엄마. 모르시겠지만 내 시의 반 이상은 어머니에 대한 시에요. 부모님은 지금도 매일 저녁 가정예배를 드린다. 부부가 목청껏 찬송을 부르고 자식들을 위해 중보기도 하신다. 내가 지금껏 본 가장 아름다운 풍경이다.

아저씨의
해방일지

드라마를 거의 보지 않는 편이었다. 드라마는 뻔했다. 막장드라마는 욕하면서 계속 보게 된다는 말이 있다. 나 또한 그런 편이다. 욕하면서도 매번 드라마에 빠진다. 드라마에 금세 빠질 것을 알기 때문에 보지 않는다. 뻔한 이야기에 시간과 감정을 낭비하고 싶지 않아서다. 드라마를 보기 시작하면 멈추지 못한다는 것 또한 알기 때문에 시작하지 않는다. 진부하고 염치없고 최루성 눈물을 강요하는 드라마에게 지고 싶지 않아서다. 하지만 최근 또 드라마에 지고 말았다.

드라마를 보기 시작한 건 코로나 때문이었다. 남들 다

걸린다는 코로나에 걸려 방안에서 강제 유폐의 시간을 보내기 시작할 때부터였다. 철 지난 드라마부터 보기 시작했는데 그만 된통 병에 걸리고 말았다. OTT 서비스는 드라마를 보기에 너무 좋은 플랫폼이다. 1회부터 시작하면 마지막회까지 한 번에 볼 수 있으니까. 다음 회를 보기 위해 일주일을 기다리지 않아도 되니까. 킹덤, 오징어게임, DP, 이 구역의 미친 X, 지금 우리 학교는, 지옥, 우리들의 블루스 등등. 드라마를 보며 울고 웃는 아저씨가 된 것이다.

가장 인상 깊게 본 드라마는 '나의 아저씨'이다. '나의 아저씨'는 내 인생드라마가 되었다. 몇 년 전 드라마이지만 매년 또다시 보고 싶을 정도로 좋은 드라마였다. 드라마는 상처에 관한 이야기였다. 상처의 연대가 영혼을 얼마나 크게 위로하는지를 보여주었다. 영혼을 나눌 수 있는 관계는 상처를 들여다보며 울어주는 것이다. 울어주며 서로를 응원해주는 것이다. 좋은 사람이 된다는 것에 대해 오래 생각해보게 되었다.

최근에 인상 깊게 본 드라마는 '나의 해방일지'였다. 우리의 내면에 자리잡은 해방과 자유의 의미를 생각하는 드라마였다. 해방이라는 키워드는 흔한 것이지만 제대로 다룬 적이 없다는 생각이 들었다. 우리는 모두 억압 속에서 살면서 해방을 꿈꾸지만. 그저 꿈만 꿀 뿐이다. 사람을 추앙하고 환대하는 것이 얼마나 큰 정신적 자산인지 알게 되었다. 그리고 소통은 사람을 변하게 한다는 사실도.

좀 엉뚱한 얘기지만 '나의 아저씨'와 '나의 해방일지'가 마치 종교적 구원에 관한 드라마라는 생각을 했다. 주인공들은 서로를 알아가는 과정을 통해 연대를 맺고 사랑의 의미를 인식하고 구원에 이른다. 그 인식의 과정 사이에는 고통이라는 인간사가 존재한다. 사람은 누구나 자신만의 고통으로 평생 괴로워하기 마련이다. 고통을 함께 나눌 수 있는 사이라면 숨을 쉴 수 있는 것이다. 드라마에서 보여주는 구원의 메타포는 빈번하게 등장한다. 주인공들의 관계는 인간과 인간의 관계이면서 인간과 신의 관계이기도 하다. 그렇기에 두 드라마의 공간들은 모두 현실을 가장한 판타지에 가깝다.

시인들은 자주 슬픔과 고통을 노래한다. 허수경은 "남녘땅 고추밭/ 햇빛에 몸을 말릴 적// 떠난 사람 자리가 썩는다/ 붉은 고추가 익는다// 막 옮기기 끝낸 고추밭에/ 편편이 몸을 누인 슬픔이/ 아랫도리 서로 묶으며/ 고추모 사이로 쓰러진다.// 슬픔만 한 거름이 어디 있으랴"(「슬픔만 한 거름이 어디 있으랴」)라고 노래했다. 슬픔은 거름이 된다. 슬픔은 서로 아랫도리를 묶으며 쓰러지는 관계 속에서 거름이 된다.

정현종은 "사람의 일들을 노래한다/ 세상에서 가장 쓸쓸한 일은/ 사람 사랑하는 일이어니/ 쾌락은 육체를 묶고/ 고통은 영혼을 묶는도다"(「고통의 축제」)라고 노래한다. 사랑하는 일은 쓸쓸한 일이지만 고통은 영혼을 묶는 일이다. 인간은 저 멀리 홀로 떨어질 때가 가장 고통스럽다. 고통스러운 존재들끼리 서로 묶여 있다면 고통은 축제가 될 수 있다. 슬픔이 거름이 되고 고통이 축제가 된다는 역설은 오래 삭아서 남은 영혼의 고갱이들이다.

나의 해방일지에서 주인공이 지하철을 타고 가며 해방교회 간판에 새겨진 글귀를 매일 본다. "오늘 당신에게 좋은 일이 있을 겁니다." 그 밑에 작은 성경 말씀이 있다. 예수께서 곧 그들에게 말씀하여 이르시되 안심하라 내니 두려워하지 말라(막6:50). 두려워하지 말고 행복하라. 그것이 우리에게 주는 하나님의 말씀이다. 주인공들이 화두처럼 마지막에 내뱉던 행복하자라는 말이 귓전에 오래 남는다. 그리고 나의 해방은 무엇일까를 곰곰이 생각해본다.

가족 김장 열전

동생들아. 어머니가 텃밭에 또 배추를 심으셨다. 작년부터 그렇게 심지 마시라고 했는데 또 심으셨네. 어쩌겠냐. 김장해야지. 돌아오는 주말에 김장하니까 시간 비워두고 모두 참석했으면 좋겠다.

지난주 가족 단톡방에 올린 문자다. 부모님은 퇴직 후 친구들과 함께 작은 텃밭을 일구신다. 백여 평의 땅을 서로 나누어 고구마, 방울토마토. 옥수수, 양파, 무우, 호박, 고추, 배추 등속을 절기에 맞춰 심고 뽑고 또 심는다. 텃밭에는 농가주택 컨테이너가 있다. 거기에 모여 밥도 해먹고 커피도 마시고 재밌는 시간을 보내신다. 말하자면 텃밭은 부모님 친구들의 아지트이자 땀 흘리는 일터이며 가족들의 식재료를 공급하는 로컬시장이다. 올해에도 어머니는 텃밭에 배추를 심었다. 작년에도 재작년에도 배추를 심었다. 늘 올해까지만 김장하고 힘들어 안 하신다고 하셨지만 어김없이 김장을 했다.

동생 부부와 토요일에 모였다. 배추를 뽑고, 외발 손수레로 옮기고, 빨간 고무대야에 천일염을 풀고, 배추를 푹 절인다. 와 속이 꽉 찼네. 씨알이 참 굵다. 배추가 참 달다. 배추농사가 정말 잘 되었네. 부모님의 친구들이 한마디씩 거들며 도와주신다. 웃음꽃이 핀다. 어머니의 얼굴에 화색이 돈다. 김장은 어머니의 아픈 허리와 무릎을 잊게 만드는 마력을 지녔다. 다행히 날씨도 따뜻했다. 온몸이 쑤시지만 기분은 너무 좋다.

다음 날 아침 텃밭에 밤새 절여놓은 배추를 차로 옮겼다. 어머니는 김치 속 양념을 이미 다 만들어 놓으셨다. 아파트 거실에 삼 형제 가족들이 모두 모여 배추에 속을 버무린다. 주방에서는 수육을 삶고 아이들도 돕겠다고 앞치마를 두른다. 김장을 다하고 각자의 차에 김치를 싣고 모여 앉아 저녁을 먹고 있자니 한 해의 가장 큰일을 해낸 것만 같다.

김치는 우리 민족을 대표하는 음식이다. 김장 문화는 2013년 유네스코 세계 인류무형문화유산에 등재되었다. 정확하게 말하면 'Kimjang, making and sharing kimchi in the Republic of Korea'라고 한다. 즉 함께 김치를 담그고, 김치를 나누는 문화를 높이 평가한 것이다. 우리의 김치는 나눔의 문화다. 김장김치처럼 주변에 많이 나누는 음식도 없을 것이다. 김장을 하면 가족 형제들 이웃들에게 나눈다. 김장은 또한 사람들을 한데 불러 모은다. 김장은 혼자 할 수 없다. 김치를 혼자 담글 수는 있지만 김장을 혼자 하지는 못한다. 아주 작은 일손이라도 필요하다. 김장은 겨울을 지나고 봄이 올 때까지 비타민을 공급하고 우리의 밥상을 책임지는 지혜에서 나왔다. 김장 문화는 함께 모이고, 나누고, 오래 묵히는 철학을 가진 문화이다.

김장은 고려말 한시에도 등장하리만큼 오래된 음식문화이다. 권근은 "시월 되니 바람 거세고 새벽엔 서리가 내리네/ 울 안에 가꾼 채소 다 거두어들였네/ 맛있게 김장하여 겨울에 대비하니/ 진수성찬 없어도 입맛 절로 돋우네"라고 노래했다. '축채(蓄菜)'라는 제목의 한시이다. 축채는 채소를 비축한다는 뜻으로 김장을 의미한다. 찬바람이 불기 시작하면 김장을 하여 채소가 귀한 겨울을 대비했다.

정일근 시인은 "어머니에게 겨울 배추는 詩다/ 어린 모종에서 시작해/ 한 포기 배추가 완성될 때까지/ 손 쉬지 않는 저 끝없는 퇴고/ 노란 속 꽉 찬 배추를 완성하기 위해/ 손등이 갈라지는 노역의 시간이 있었기에/ 어머니의 배추는 이 겨울 빛나는 어머니의 詩가 되었다"(「어머니의 배추」)라고 노래했다. 시인은 배추를 키우는 어머니의 손을 시를 쓰는 손에 비유한다. 어머니가 키운 배추와 시가 어우러지니 가장 감동적인 풍경이 되었다.

김장김치를 집으로 가져와 다른 특별한 찬 없이 며칠을 맛있게 먹었다. 김치로 인해 올겨울이 든든해졌다. 맛있게 먹다 보니 문득 내년에도 김장을 하게 될 것이라는 예감이 들었다. 다들 힘들다 하면서도 형제들이 부모님 댁에 함께 모여 김치를 담그고 음식을 나누며 웃음꽃을 피우는 시간은 생각만 해도 행복하다. 어머니도 김장김치를 드시며 흐뭇한 표정으로 내년에도 김장을 해야겠다고 마음속으로 다짐하셨는지 모를 일이다.

코로나로 잃은 것과 얻은 것

봄학기 개강이 되었고 대면강의가 시작되었다. 뭉클했다. 학생들의 얼굴과 눈동자를 보면서 수업하는 평범한 일이 감동으로 다가올 줄은 꿈에도 몰랐다. 코로나를 겪은 시간들은 많은 것을 변화시켰다. 비대면강의가 보편화되면서 학생들의 얼굴과 이름을 기억하기 쉽지 않았다. 사이버공간 속의 선생과 학생들은 약간의 무심함이 서로를 위한 배려가 되었다. 학생의 얼굴을 아는 것보다 온라인의 접속 기록을 중요시했고, 지식과 정보를 주고받아 학점을 이루어나가면 되었다. 그런 일은 금세 적응되었고 어떤 측면에서는 합리적이고 실용적이었다. 하지만 대면강의를 시작하고 보니 교육의 중요한 어떤 것을 놓치고 있다는 생각이 들었다. 서로의 눈을 마주보며 공감하는 강의실이 가장 필요한 것은 아닐까. 지식의 전달보다 공감과 격려와 연대와 소통이 더욱 중요한 교육이 아닐까.

코로나로 많은 것들을 잃었다. 생활이 어려워졌고 경제가 가라앉았다. 직장은 위기였고 가정은 싸움이 잦았다. 슬라보예 지젝은 서로 만지지 못하고 접촉을 금하는 것이 팬데믹 시대 사랑의 기준이 되었다고 했다. 사랑하는 방법을 잊어버리고 의심하고 두려워하고 지적하는 법만 늘었다.

또한 우리는 얼굴을 잃어버렸다. 얼굴 없는 인간이 되었다. 조르조 아감벤은 유일하게 진실을 드러낼 수 있는 얼굴을 가리는 시대라고 했다. 마스크를 통해 말을 하며 얼굴 드러내는 것을 위험하게 생각했다. 사회적 시스템은 규제와 두려움을 심어주었다. 지젝은 "우리가 싸워야 할 대상은 바이러스라는 자연적 우발적 존재가 아니라 차별과 배제의 논리로 바이러스의 창궐과 확산을 악화시키는 우리의 사회적 시스템"이라고 말한다.

사람은 상실을 통해 중요한 가치를 깨닫곤 한다. 사람

들끼리 만나서 마음을 나누는 시간들과 서로 이해하고 공감하는 시간이 얼마나 중요한지를 깨달았다. 온라인이 아니라 직접 얼굴을 보며 갖는 시간이 얼마나 소중한지도 알았다.

반면 코로나로 얻은 것들도 있다. 우리 공동체는 방역에 대한 경험과 태도를 통해 배려와 극복의 가치를 온몸으로 얻었다. 정부의 지침과 통제는 불편하고 짜증날 만한 일인데도 모두 나의 일처럼 따르고 응원했다.

코로나로 가장 많이 변화된 것은 온라인 시스템의 대중화이다. 이제는 초중고와 대학생 모두 온라인으로 수업을 듣는 것이 보편화되었다. 강의를 하는 선생들도 마찬가지이다. 나또한 온라인 수업을 위해 강의 동영상을 촬영하고 편집하고 업로드하는 일들에 많은 시간을 쏟았다. 줌(zoom)이나 팀즈(Microsoft Teams) 등을 이용한 실시간 강의도 이제는 익숙한 일이다. 학생들은 대부분 노트북이나 패드를 들고 강의에 들어와 수업을 듣는다. 교재 학습도 필기도 모두 디지털 기기를 이용한다. 온라인에서는 무료 동영상 강의나 시민학습 혹은 온라인 공연 콘텐츠들이 넘쳐나고 있다. 이제는 많은 강의들이 온오프라인 모두 활용될 수 있게 제작하고 있다. 국민의 대부분을 얼리어답터로 만들었다고 해도 과언이 아니다.

불가능한 일들이 가능해졌고 많은 것들이 변화되었다. 나희덕 시인은 "오히려 세상은 불가능들로 넘쳐나지요/ 오죽하면 제가 가능주의자라는 말을 만들어냈겠습니까/ 무엇도 가능하지 않은 듯한 이 시대에 말입니다"(「가능주의자」)라고 말했다. 가능주의자는 믿음주의자이다. 불가능한 일들도 가능하게 만드는 것은 믿음의 힘이다. 이제는 회복해야 할 일이 산더미이다. 비대면으로 인해 멀어져 간 사람들과 회복해야 한다. 무엇보다 지치고 상처받은 나 자신과의 회복이 가장 먼저이다. 회복도 감동적으로 이루어낼 것이라고, 가능할 것이라고 가능주의자가 되어 보기로 한다.

패러디 게임

패러디 시즌이 시작되었다. 온갖 정치 패러디가 집 나간 삼촌처럼 돌아오고 있다. 탐욕의 비유는 그럴듯하다. '성남의 뜰'은 카페 이름인 줄 알았다. '화천대유(火天大有)'는 기름집 이름인 줄 알았으며, '천화동인(天火同人)'은 시 쓰는 동인 이름인 줄 알았다. 무협지에서 흔히 들을 법한 이름이다. 한마디로 거창하다. 이들 이름은 유교의 경전 중 하나인 주역에서 따온 것이라 한다. 천화동인은 불길이 하늘과 만나듯이 뜻을 같이 하는 사람들이라는 뜻이며, 화천대유는 해가 만천하에 내리쬐는 형상으로 많은 것을 얻는다는 뜻을 담고 있다. 누구나 알고 있듯이 그들의 '뜻'은 '탐욕'이며, '얻을 것'은 '돈'이다. 권력자들이 해먹은 돈은 패러디로 승화되어 절찬리에 유포중이다. "여러분, 부자 되세요"라는 광고 카피를 "여러분, 화천대유 하세요."로 변주한다. 부제는 "3억 5,000만 원이 4,000억 원이 되는 마법"이란다.

넷플릭스 드라마 '오징어 게임'이 전 세계에 열풍이다. 정치인의 아들 퇴직금을 패러디한 '오십억 게임'도 삽시간에 퍼졌다. 유력 대선 주자 정치인의 이름을 딴 '○○○ 게임'도 여러 버전으로 돌아다닌다. 예능프로그램 SNL코리아의 정치 풍자 코미디에서는 오징어 게임에 등장하는 '무궁화 꽃이 피었습니다'를 패러디한다. 이 게임은 참가자 죽이는 장면을 패러디한다. 이 연출로 정부의 부동산 정책을 풍자한다. 또한 정당을 풍자하는 '도서출판 내로남불', '더불어부동산', '국민의짐' 등도 회자된다.

온라인에서는 패러디 게임 중이다. 각종 패러디가 온라인과 소셜미디어에서 급속도로 소비되고 있다. 쉽게 제작되고 쉽게 소비되고 사라진다. 인터넷 짤이나 밈(meme)과도 결합되어 더욱 우스꽝스럽게 유포되고 있다. 패러디는 당대 사회상을 가장 적나라하게 보여주는 바로미터다. 가장 첨단의 언어로 재미를 더하여 대중들의 답답한

속을 풀어주는 풍자의 언어다.

패러디는 원래 문학에서 시작한 전통이 오래된 수사법이다. 잘 알려진 원전을 의도적으로 모방하여 풍자하고 조롱하는 방법이다. 현대에는 문학뿐 아니라 각종 예술, 대중문화 전반에 걸쳐 다양하게 표출되고 있다. 국민들의 애송시인 김춘수의 「꽃」을 장정일 시인은 패러디했다. “내가 단추를 눌러주기 전에는/ 그는 다만/ 하나의 라디오에 지나지 않았다// 내가 그의 단추를 눌러주었을 때/ 그는 나에게로 와서/ 전파가 되었다”(「라디오같이 사랑을 끄고 켤 수 있다면」)라고 ‘꽃’을 ‘라디오’로 패러디하였다. 꽃이라는 존재의 의미를 라디오라는 일회성으로 변주하여 현대인의 인스턴트 같은 사랑을 풍자했다.

안도현 시인의 짧은 시 「너에게 묻는다」의 전문은 이렇다. “연탄재 함부로 발로 차지 마라/ 너는 누구에게 한 번이라도/ 뜨거운 사람이었느냐”. 한 맥주광고에서는 이 시를 패러디하여 「너에게 붓는다」라고 광고한 적이 있다. “맥주캔 함부로 발로 차지 마라/ 너는 누구에게 한 번이라도/ 시원한 사람이었느냐”라고. 이미 패러디는 광고, 각종 예능 프로그램, 개그 프로그램 등에서 흔한 방법으로 사용된다.

풍자는 대중들을 웃게 만든다. 풍자의 중요한 특성 중 하나가 바로 '골계미(滑稽美)'이다. 골계는 우스꽝스러운 상황이나 인간들의 온갖 행태를 보여주면서 재미를 준다. 그 재미를 통해 교훈을 주는 미적 방법을 골계미라 한다. 우리의 마당극이나 판소리는 골계미를 바탕으로 당시 부패한 나라, 양반 계층 등을 통렬히 비판한 작품들이다.

대중들이 분노를 표출할 수 있는 가장 큰 방법은 웃으면서 대상을 조롱하는 것이다. 가난한 백성들이 가질 수 있는 유일한 권리가 바로 권력자들을 조롱할 수 있는 자유였기 때문이다. 하지만 지금은 조롱도 아까운 마음에 허탈감에 빠져 패러디마저도 재미없어지고 있다.

게임전쟁

아들은 요즘 게임에 빠져있다. 대표적인 메타버스 게임인 로블록스를 비롯해 리그오브레전드, 브롤스타즈 등 여러 가지 게임을 한다. 가끔씩 친구들 사이에서는 자신이 점수가 높은 편이라고 자랑을 한다. 그럴 때 칭찬을 해야 하는지, 게임 좀 그만하라고 잔소리를 해야 하는지 판단이 안 설 때가 많다. 아들은 올해 생일선물로 온라인게임을 사달라고 떼를 썼다. 이제 합체 로봇이나 자동차는 뒷전이다. 자식 이기는 부모는 없듯 결국 온라인게임을 사주고 말았다. 최근에는 몰래몰래 친구들과 피시방도 다니는 것 같은데 모른 척 눈 감아 주고 있다.

이런 상황에서 당연히 부모는 스트레스를 받는다. 아들은 하루 종일 게임만 생각하는 것 같다. 특히 엄마와의 갈등은 극에 달하고 있다. 초등학생이 이성적으로 게임을 조절할 방법은 없다. 그렇기에 매일 시간을 정해서 한다. 하지만 예외상황과 핑계는 늘 따라다닌다. 실제로 아들은 여러 이유와 핑계를 대서 게임 시간을 훨씬 더 많이 쟁취한다. 그럴 때 아들은 천재적인 잔머리를 발휘한다.

아들이 게임에 더욱 몰두하게 된 것은 코로나의 영향이 크다. 그전에는 친구들과 밖에 나가서 노는 시간이 많았다. 코로나로 집에만 갇혀 지내기 시작한 이후로 급격하게 게임시간이 늘었다. 이러한 현상은 아마 아이를 키우는 모든 부모들이 느낄 것이다. 아이들은 또래집단과 서로 건강한 소통과 영향을 주고받으며 사회성을 익힌다. 코로나는 이러한 사회적 성장 과정을 특수한 성장 과정으로 변화시키고 있다. 어쩌면 지금 아이들에게는 메타버스의 공간이 현실세계의 공간보다 더 중요한 것이 되어버린 것은 아닐까. 아들만 보더라도 친구들과 놀이터에서 만나는 것이 아니라 게임에서 만나는 횟수가 압도적으로 많다.

게임 때문에 싸우지 않는 집은 없을 것이다. 우리 집도 예외는 아니어서 대부분의 분란이 게임 때문이다. 게임을 못하게 하는 엄마와 몰래 게임을 하는 아들과의 첩보물은 사뭇 진지하기만 하다. 이런 것은 게임에 대한 관점의 차이에서 기인한다. 우리 세대만 하더라도 게임은 중독성이 강하며 정서발달에 안 좋은 영향을 끼친다고 생각한다. 우리 세대가 만화책이나 무협지를 보면 혼이 났던 것과 비슷한 현상이다. 하지만 시대는 달라졌다. 게임 리그 오브 레전드의 캐릭터로 메타버스 뮤직비디오를 만들었더니 전 세계 인구 4억 2천 명이 시청했다고 한다. 게임과 웹툰은 이미 하나의 문화적 현상이며 젊은 세대들에게는 새로운 가능성을 펼칠 수 있는 전도유망한 산업이다.

누구나 중독에 빠지거나 새로운 것에 탐닉할 때가 있다. 나도 초등학교 시절 전자오락과 딱지치기와 구슬 모으기에 빠진 적이 있다. 중독은 인간들의 천형이며, 때론 이런 탐닉이 창조적 에너지를 발산하기도 한다. 유명한 문학인들도 절대 본받으면 안 되는 많은 중독에 빠졌다. 「진달래꽃」을 쓴 아름다운 서정시인 김소월은 아편중독이었으며 그것 때문에 사망했다, 한국의 시인들 중에 알코올중독의 예는 다 거론하기도 힘들 만큼 많다.

추리소설의 창시자이며 미국의 셰익스피어로 일컬어

지는 천재 작가 에드거 앨런 포는 평생 알콜 중독에 빠져 지냈다. 결국 술에 취한 채 혼수상태가 되어 안타까운 죽음을 맞이했다. 러시아의 대문호 도스토옙스키는 도박중독이었다. 도스토옙스키의 많은 편지는 돈을 빌려달라는 부탁이었으며, 역설적이게도 그의 많은 작품은 도박 빚을 갚기 위해서 열정적으로 썼다고 전해진다. 만약 도스토옙스키가 도박에 빠지지 않았다면 『죄와 벌』이나 『카라마조프가의 형제들』과 같은 명작을 만날 수 없었을 거라는 웃지 못할 얘기도 넘쳐난다.

게임은 경쟁과 승리를 통해 카타르시스를 선사한다. 분투를 즐기는 인간의 본능이 게임이라는 장르에 압축된다. 그렇기에 게임 세계 안에서도 위계가 생기고 영웅이 생긴다. 또한 게임은 단순한 오락이 아니라 신화와 민담, 인문학적 사유 등 여러 문화적 서사들이 스며들어 있다. 게임은 이미 청년들의 보편적 문화가 되었다.

오늘도 늘 쫓고 숨긴다. 게임을 둘러싼 엄마와 아들의 숨바꼭질은 마치 전쟁과도 같다. 나는 누구 편일까. 모른다. 편이 없다. 하지만 엄마 몰래 아들의 게임을 눈감아주고 서로 비밀로 삼는 것은 어쩔 수 없는 사실이라고 고백하겠다.

예버덩 산책의 힘

강원도 횡성에 있는 '예버덩 문학의 집' 집필 레지던스에 입주하여 여름 한철을 지낸 적이 있다. 버덩은 "높고 평평하며 나무는 없이 풀만 우거진 거친 들"이라는 의미로 예버덩은 옛날 버덩이라는 뜻이다. 이름처럼 이곳은 풀이 우거진 들이 펼쳐져 있다. 앞에는 주천강이 말굽 모양으로 흐르고 갯버들 군락 위로 백로들이 자주 날아다닌다. 앞들에는 고라니가 숨어다니며 꾀꼬리 파랑새가 우짖는다. 뒷들에는 자작나무 잣나무 가문비나무가 병풍처럼 방갈로를 둘러싸고 있다. 해거름이 되면 앞들에 자리한 '노을버덩'에는 노을이 진다.

이곳에서 첫 번째로 만나는 것은 온갖 자연의 소리이다. 바람 소리와 새소리, 매미 소리, 풀벌레 소리와 고라니 소리도 듣는다. 강물 흐르는 소리는 끊임없이 귓가를 적신다. 자연이 주는 소리를 듣고 있으면 고요해진다. 오로지 자연과 호흡하는 몸을 느끼게 되는 순간 아주 평화로워진다. 그렇게 평화로운 고요와 마주하고 있으면 세상 온갖 시름을 잊는다. 자연이 주는 혜택이다.

고요 속에서 훌륭한 집필이 완성되면 좋겠지만 쉽지만은 않다. 나 또한 시집 출간, 에세이집 출간, 연구서 출간, 각종 학교 업무와 논문 집필, 여타 글쓰기 등을 한아름 싸가지고 들어갔다. 하지만 많은 결과를 얻어 올 것이라는 계획보다 더 중요한 것이 있다는 걸 깨달았다. 그건 바로 휴식이다.

누구나 나름대로 취하는 휴식의 노하우가 있을 것이다. 사람들은 각종 취미생활과 여행 등을 통해 휴식을 취한다. 휴가철이 되면 피서를 위해 산과 바다를 찾아 나선다. 휴식은 자연을 온몸으로 느끼는 산책을 통해 얻기도 한다. 산책이 주는 위안을 이곳에 와서 제대로 알았다. 휴식이 있어야 새로운 창조의 힘이 생긴다.

산책은 큰 휴식이 된다. 누구나 산책을 하면 철학자가

된다. 소크라테스도 아고라를 자주 산책했다고 한다. 니체는 안질 때문에 책을 읽을 수 없게 되자 산책을 시작했으며 “진정으로 위대한 생각은 전부 걷기에서 나온다”는 말을 남기기도 했다. 칸트의 산책도 유명하다. 칸트는 매일 오후 12시 45분에 점심을 먹고 프러시아 쾨니히스베르크의 산책길을 매일 걸었다. 칸트의 산책이 얼마나 정확하게 매일 이어졌는지 동네 사람들은 칸트의 산책을 보고 시간을 맞추었다고 한다. 독일 하이델베르크의 ‘철학자의 길’ 또한 세계적으로 유명한 산책길이다. 산책길은 자신을 성찰하게 한다. 산책길을 통해 생각은 정리되며 깊어진다.

이문재 시인은 “나의 꿈은 산책로 하나/ 갖는 것이었다”(「산책로 밖의 산책」)고 얘기했다. 참으로 근사한 꿈이다. 윤동주 시인은 “길은 아침에서 저녁으로/ 저녁에서 아침으로 통”(「길」)하며, 그러한 길을 통해 “내가 사는 것은, 다만,/ 잃은 것을 찾는 까닭”이라는 성찰에 닿는다.

나 또한 산책로를 하나씩 얻는 즐거움이 얼마나 큰지 깨닫고 있다. 예버덩에서의 산책로도 귀하게 얻은 목록이다. 이곳에서 매일 일정한 거리를 산책하며 생각의 품을 넓히고 있다. 산책을 통해 위로를 받고 있다. 산책의 힘으로 새로운 작품이 또아리를 틀며 고개를 내밀고 있다. 예버덩 문학의 집은 조명 시인이 사재를 털어 조성한 곳으로 여기를 거쳐 간 작가들이 170명이 넘는다고 한다. 예버덩이 문학의 마을로 변화되고 있다. 작품이 구상되고 탄생하는 문학의 성소가 전국 곳곳에 많이 생겨났으면 좋겠다.

문학이라는 이름의 섬

깊어가는 가을 남해를 찾았다. 문학상을 받게 되어 가는 방문이었다. 상과는 무관하게 평소에 가보지 못한 남해를 찾게 되어 마음은 달떴다. 살다보면 예기치 않은 행운이 찾아올 때가 있으며 뜻밖의 일이 일어나기도 한다. 상이라는 것이 그런 뜻밖의 행운이다. 겸연쩍고 부끄러운 마음을 어찌할 바 몰라 남해의 가을에 집중하기로 했다. 서울에서 고속버스를 타고 다섯 시간 내리달렸다. 남해대교를 건너니 너른 바다가 펼쳐졌다.

남해는 금산과 보리암을 품고 있으며 죽방렴과 다도해를 끼고 있는 아름다운 남쪽 마을이다. 한때 동양 최대의 현수교라 불렸던 남해대교가 있고, 이순신 장군을 모신 충렬사가 있다. 남해 상주에는 은모래해변이 있는데 금산을 병풍처럼 두르고 울창한 송림을 품은 상주은모래백사장은 너무나 아름답다. 무엇보다 남해는 유배지의 마을이다. 서포 김만중이 남해의 노도로 유배를 와서 『구운몽』, 『사씨남정기』 등 한국 최고의 문학작품을 집필했다. 남해 시가지의 중심에는 유배문학관이 자리하고 있다.

남해를 방문한 첫 날에는 남해의 아름다움에 반해 남해로 이주해서 살고 있는 후배를 만나 남해시장을 찾았다. 시장에서는 남해야행이라는 문화축제가 열리고 있었다. 부침개와 육전을 사서 먹었다. 시장 골목에 있는 횟집에서 회를 먹었다. 전혀 연고가 없는 남해에 와서 살고 있는 후배 부부의 인생사를 조금 엿들었다. 저녁에는 물미해안도로를 천천히 달렸다. 바닷길을 끼고 있는 섬호마을에 도착하여 파도소리를 들으며 잠을 청했다.

다음 날 유배문학관에서 벽련항으로 갔다. 벽련마을은 맑은 연꽃이라는 뜻을 가진 작은 포구이다. 그곳에서 낚싯배를 타고 노도로 들어갔다. 십여 명이 탈 수 있는 낚싯배는 바닷물을 세차게 튀기며 우리를 노도로 안내했다. 문학이라는 이름을 품고 배를 타고 들어가는 마음들은 서로를 쳐다보며 행복한 웃음을 지었다. 노도에 도착하니 '문학의 섬, 노도'라고 쓴 큰 상징조형물이 우리는 반겼다. 문학의 섬이라니 얼마나 아름다운 이름인가. 노도는 배를 젓는 노를 많이 생산했다고 하여 붙여진 이름이다. 노를 젓는 일은 글을 쓰는 일과 다를 바 없다. 젓는 일과 쓰는 일은 모두 온 힘을 쏟아내는 일이며 그러다보면 어느덧 목적지에 와있는 것이다.

노도에는 김만중문학관이 있었다. 서포 김만중은 1689년 숙종 15년에 노도로 유배를 와서 불후의 국문소설 『구운몽』 등을 집필하고 56세의 일기로 서거했다. 노도에서 김만중문학관으로 오르는 길은 정말 아름다웠다. 남해의 바다는 수평선이 보이지 않고 건너편의 섬이 보였다. 섬과 섬으로 이어지는 남해는 아기자기하고 고요했다.

김만중문학관에서는 문학축전이 열리고 있었다. 정호승 시인이 '모성의 힘'이라는 주제로 문학특강을 하고, 물미시낭송회에서 낭송퍼포먼스를 하고, 남해의 딸이라 불리는 손심심 김준호 소리꾼 부부가 공연을 했다. 백일장에 참석한 학생들부터 어르신에 이르기까지 모두 행복한 표정들이었다. 노도에서의 행사를 모두 마치고 다시 남해

읍내로 들어왔다. 시장골목의 작은 식당에서 남해에 사는 시인들과 함께 저녁을 함께하며 즐거운 시간을 보냈다.

남해가 고향인 고두현 시인은 바다를 한낱 풍경으로 보지 않았다. "저 바다 단풍 드는 거 보세요./ 낮은 파도에도 멀미하는 노을/ 해안선이 돌아앉아 머리 풀고/ 흰 목덜미 말리는 동안/ 미풍에 말려 올라가는 다홍 치맛단 좀 보세요."(「물미해안에서 보내는 편지」)라고 노래하며 바다를 부끄러움 많은 신부처럼 감각적으로 묘사했다.

다음 날 우리 일행은 남해 창선에 있는 왕후박나무를 보러 갔다. 바다를 배경으로 서 있는 나무를 오래 바라보았다. 창선에서 늑도를 거쳐 삼천포대교를 건너며 남해의 가장 아름다운 바다를 눈에 가득 담았다. "남도에서 가장 빨리 가을이 닿는/ 삼십 리 해안 길, 그대에게 먼저 보여주려고/ 저토록 몸이 달아 뒤채는 파도/ 그렇게 돌아앉아 있지만 말고/ 속 타는 저 바다 단풍 드는 거 좀 보아요."라고 노래하는 고두현 시인의 시구를 직접 목도했다. 문학이라는 이름의 섬을 다녀왔다. 아름다움은 풍경에만 있지 않다. 아름다움은 풍경에 배경으로 서 있는 사람 때문에 더 깊다. 아름다움을 아는 마음들이 모여서 더 깊고 아름다운 풍경이 완성된다.

문예지를 만드는 사람들

시 전문 문예지 《청색종이》가 2021년 가을 창간되었다. 이 문예지에는 창작시, 평론, 번역시, 서평과 계간평, 연재강좌 등의 다양한 기획들이 알차게 수록되어 있다. 《청색종이》뿐 아니라 《문학인》, 《상상인》, 《상징학연구소》, 《한국시인》 등도 창간되었다. 우리나라에 문예지가 얼마나 많을까. 일반 독자들이 알고 있는 문예지의 수는 몇 종류 안 될 것이다. 통계를 보자. 한국문화예술위원회에서 발간하는 문예연감을 보면 국립중앙도서관에 납본하는 전국의 문예지 수는 764종이다. 이를 권수로 따지면 1,962권이다. 이 중에서 시 전문 문예지는 577종이며 한 해 155,030편의 시가 문예지를 통해 발표된다. 가히 어마어마한 작품 생산량이다. 통계를 살펴보았을 때 대한민국은 문학과 시를 사랑하는 민족이 틀림없다. 하지만 의문이 남는다. 이 많은 문예지를 누가 읽고 만드는가.

먼저 문예지를 만드는 사람들을 살펴보자. 문단에서는 미운 사람 있으면 문예지를 만들게 하라는 말이 있다. 문예지를 만들었다고 하면 사고쳤다고 말을 한다. 그만큼 문예지를 만든다는 것은 고난의 연속이다. 한마디로 돈이 되지 않는 일이다. 그렇다고 큰 명예나 권력이 주어지는 일도 아니다. 오히려 돈이 드는 일이다. 십시일반 돈을 모아서 문예지 원고료와 제작비를 대는 경우도 흔하다.

그럼에도 불구하고 문예지는 계속 출간된다. 문예지를 왜 만드는가에 대한 대답은 문학을 좋아하고 사랑해서 만든다는 말로밖에 설명할 재간이 없다. 최근 창간된 《청색종이》를 만드는 사람들은 모두 문인들이다. 발행인도 시인, 주간과 편집위원들도 시인과 문학평론가로 이루어져 있다. 이들은 현장에서 글을 쓰면서도 문예지를 만드는 일에 누구보다 큰 애정을 쏟는다. 나 또한 《청색종이》의 편집위원으로 참여하여 작은 목소리 하나를 보태고 있다.

돌아보면 나는 이십여 년 넘게 문예지를 만드는 일에 직간접적으로 참여해왔다. 상근직 문예지 편집자로 오랫동안 일을 했으며, 문예지 창간에 참여한 것도 여러 번이다. 돈이 되지 않는 일에 청춘을 바쳤다. 이쯤 되면 문예지는 내게 십자가와도 같은 것이다. 어느새 문예지는 순교의 마음으로 짊어지고 가야 할 신념이 된 것이다.

한국의 문학사는 문예지의 역사와 같다. 《창조》(1919), 《폐허》(1920), 《백조》(1922) 등의 문예지로부터 한국문학은 시작한다. 시인과 소설가들은 문예지를 통해 창작품을 발표한다. 문예지는 한국문학의 창작 플랫폼이다. 문예지를 통해 새로운 담론을 생산하는 역할을 한다. 또한 새로운 신진 시인과 작가를 발굴하여 한국문학의 새로운 피를 수혈한다. 문예지가 환금성이 없더라도 끊임없이 나와야 하는 중요한 이유이다.

《청색종이》의 창간사에 눈을 돌려 보자. 그곳에는 "새로운 문예지를 시작하는 것은 이처럼 도달할 수 없는 불가능한 목적에 투신하는 일이다. 하지만 불가능성을 인지하면서도 그 뒤를 쫓는 것이 또한 시적인 것이라는 믿음이 우리를 언제까지나 달리게 한다. 우리는 시와 문학이 여전히 삶의 주요한 부분이라는 것을 확인하려 한다.

나아가 시를 통해 공동체가 더 나은 방향으로 나아갈 수 있도록 실천적으로 개입하는 것이 우리의 목적"이라고 문예지를 만드는 목적이 제시되어 있다.

문학평론가 김현은 "문학은 배고픈 사람 하나 구하지 못하며, 물론 출세하지도, 큰돈을 벌지도 못한다. 그러나 그것은 바로 그러한 점 때문에 인간을 억압하지 않는다. 인간에게 유용한 것은 대체로 그것이 유용하다는 것 때문에 인간을 억압한다."(『한국 문학의 위상』)고 했다. 어쩌면 문학은 물질자본의 억압으로부터 가장 먼 곳에 있어야 자유를 찾는 것은 아닐까.

가치 있는 일과 돈이 되는 일은 엄연히 다르다. 가치 있으면서 돈이 되는 일도 많겠지만, 가치 있으면서 돈이 되지 않는 일도 있다. 어쩌면 돈이 되지 않기에 더 자유롭고 가치 있는 일이 되는지도 모르겠다. 그리고 좋아서 하는 일이기에 긍정적인 에너지가 나온다. 문예지를 만드는 사람들과 함께 있으면 내 인생이 조금은 더 나은 것 같은 기분이 드는 것도 이런 이유 때문이다.

책방에 가는 이유

친한 선배와 오랜만에 약속을 했다. 약속 장소는 3호선 백석역 교보문고. 나는 약속 시간보다 훨씬 일찍 도착했다. 선배는 갑자기 일이 생겨 많이 늦는다고 했다. 느긋하게 서점에서 책을 보는 기회가 주어졌다. 의도한 것은 아니지만 서점에서의 기다림이 좋았다. 어떤 우연은 가끔씩 행운을 가져다주기도 한다. 책과 책 사이를 오가며 책들이 뽐내는 다양한 책의 얼굴을 구경했다.

대형서점은 실로 오랜만이었다. 바쁜 일상 때문인지 서점에 오는 일이 오랜만이었다. 읽고 쓰고 가르치는 것이 직업인 나도 도서관만 들락거렸다. 작은 책방은 자주 다녔지만 대형서점은 오랜만이었다. 그동안 직무유기를 했다는 생각이 들었다. 마음에 드는 책 한 권을 뽑아 아예 자리를 잡고 앉았다. 책에서 풍기는 특유의 종이냄새를 맡으며, 종이가 주는 질감을 손으로 느끼며 한 장 한 장 아껴가며 읽었다. 서점에서의 독서는 집중이 잘 된다. 한 문장씩 읽어가며 글에도 냄새와 촉감이 있다는 걸 느끼곤 한다.

예전에는 서점이 중요한 약속 장소였다. 광화문 교보문고, 지금은 없어진 종로서적은 매번 만나는 약속 장소였다. 약속 시간에 좀 일찍 도착해도, 친구가 좀 늦게 도착해도 괜찮았다. 서점에서 책을 보면 되었으니까. 함께 서점에서 한두 시간씩 책을 읽다가 밥을 먹으러 가기도 했다. 친구와 만나면 자연스럽게 책 얘기로 시작한다. 서점은 약속의 장소이자 문화 사랑방이며 최근 문화의 트렌드를 몸으로 체감할 수 있는 장소였다.

요즘의 서점은 예전만 못하다. 고형렬 시인은 "마음만 한 서점 한쪽엔/ 생의 비밀들을 숨긴 책들이/ 슬픈 책들이, 있었다/ 다시 드르륵, 문을 열고/ 단장된 책들이 잘 꽂혀 있는/ 그 자리에 한참, 서고 싶다/ 그대에게 소식을 전하고/ 새로운 마음을 얻으려고"(「사라진 서점」)이라고 했다.

서점은 그리운 이에게 소식을 전하고 삶의 새로운 마음을 얻을 수 있는 장소이다. 또한 생의 비밀을 엿볼 수 있는 공간이다. 서점이라는 공간이 갖는 큰 의미이다.

다행히 최근에는 동네의 작은 책방들이 많이 생겨났다. 책방은 몇 평 되지 않는 작은 공간에서 책방마다 특색 있는 콘셉트를 가지고 운영한다. 시집, 에세이, 아동문학, 그림책, 인문철학, 만화, 그래픽노블, 해외서적 등등 콘셉트를 가진 책방들이 흥미로운 큐레이션으로 독자들과 만난다. 시인이나 작가나 연예인들이 직접 운영하는 책방들도 많이 생겼다. 각 지역의 책방을 찾아가는 책방 투어도 새로운 트렌드로 자리잡았다.

최근에는 독서량이 늘었다는 통계도 나왔다. 문화체육관광부와 한국도서관협회가 발표한 2021년 전국 공공도서관 통계조사에 따르면 지난해 전국 공공도서관의 하루 평균 대출 권수는 62만 9,553권으로, 전년 대비 38% 증가했다. 실제 도서관에서 책을 보는 것보다 빌려서 보는 양이 늘어난 것으로 해석할 수 있다.

하지만 코로나가 길어지면서 독서량도 서서히 줄기 시작했다. 문화체육관광부가 지난 1월 14일 발표한 가장 최근의 통계를 보자. '2021년 국민 독서실태' 조사에 따르면 최근 1년간 종이책, 전자책, 소리책(오디오북)을 합한 성인의 평균 종합 독서량은 4.5권으로, 2019년에 비해 3권 줄었다. 종합 독서율은 47.5%로, 2019년에 비해 8.2%포인트 감소했다고 전한다.

독서가 중요하다는 사실은 아무리 강조해도 지나치지 않는다. 독서는 영상매체를 보는 것에 비해 더 큰 노력과 시간이 따른다. 정신적인 노고도 필요하다. 우리의 뇌는 책을 읽으며 스스로 사고하기 위해 엄청난 에너지를 쏟는다. 이러한 과정이 우리에게 큰 자산으로 남는다. 독서는 그 중요성에 비해 사람마다 체감하는 방식이 개별적이다. 한 권의 책도 읽지 않고도 세상을 살아갈 수 있기 때문이다. 그러나 한 권의 책도 읽지 않은 사람과 늘 책을 손에 놓지 않고 살아가는 사람의 삶은 비교할 수 없다. 인간이 살아간다는 것은 결국 어떤 의미로 남는가이다. 그 의미를 끊임없이 질문하는 것이 독서이며, 최후에 인간은 그 의미로 인해 존재의 의미를 찾는다. 말하자면 서점이나 책방은 우리에게 존재의 의미를 줄 수 있는 공간이다. 그래서 우리가 자주 들락거려야 하는 곳이다.

인생을 살아가는
세 가지 약병

종강이 다가왔다. 기말고사가 끝나면 이제 곧 방학이다. 선생들은 짐짓 모른 체하며 표정관리를 하지만 방학은 학생들보다 선생들이 더 좋아한다. 매번 마지막 수업이 되면 종강사를 어떻게 할지 고민한다. 학생들에게 가장 멋진 말을 하려고 폼을 잡으면 대부분 빨리 끝내주세요 하는 눈빛이다. 하지만 듣든지 말든지 준비했던 종강사를 한다. 꼰대가 되어도 할 수 없다는 심정으로. 이번 학기 종강사를 소개한다.

저는 여러분들에게 앞으로 삶을 살아가면서 필요한 세 가지 약병을 소개하려고 합니다. 이 약병은 어렵고 지치고 힘들 때마다 꺼내어 사용하시면 됩니다. 약은 상처가 빨리 낫는 데 쓰입니다. 약을 먹지 않아도 상처가 나을 수는 있지만 시간이 오래 걸립니다. 그 시간 동안 상처는 더 곪아 터질 수가 있어요.

첫 번째는 '자존감'이라는 약병입니다. 세상의 감 중에 가장 영양가 있는 감입니다. 우리는 우주에서 보면 아주 작은 존재로 비춰질 수 있지만 가장 존귀하고 사랑받는 존재가 바로 여러분입니다. 인간은 평생 기계의 부속품처럼 일만 하다가 죽을 수도 있습니다. 사회에 나가면 여러분을 돕는 사람들보다 시기하고 폄하하는 사람들이 훨씬 많을 수 있습니다. 일상을 살다보면 문득 내가 무엇 때문에 살고 있는지 공허에 빠질 때가 분명 옵니다. 나는 어떤 사람인가를 알아야 합니다. 자아정체성이라고 말을 하죠. 나는 어떤 가치관과 신념과 종교를 가지고 살아야 행복한지를 파악해야 합니다. 어떻게 살아야 행복한지를 타진해야 합니다. 책도 읽고, 영화도 보고, 여행도 다니고, 기도도 하고, 다양한 취미 활동도 해보면 됩니다. 내가 가장 기쁜 일과 행복한 일을 찾아서 누리세요. 그리고 나는 정말 괜찮고 멋있는 사람이라는 걸 스스로에게 말해 보세요. 자존감이 있는 사람은 멋있고 당당하게 살아갈 수 있습니다.

두 번째 약병은 '기대감'이라는 약병입니다. 여러분은 절대 혼자서 살 수 없습니다. 인간은 사람들과 함께 살아가는 사회적 존재입니다. 힘들고 지치고 진창에 빠졌을 때 여러분을 일으켜 세워주는 존재를 찾으세요. 그런 존재는 신일 수도 있고 자신을 사랑하는 사람들일 수도 있습니다. 그러기 위해서는 힘들 때 기댈 수 있는 사람을 만나야 합니다. 이십 대는 평생 친구를 만날 수 있습니다. 마음 터놓고 얘기할 수 있는 선후배를 만날 수 있습니다. 교수님들이나 주변 선생님들에게 자주 손을 내미시길 바랍니다. 힘들다고, 아프다고, 도와달라고 떼를 쓰세요. 그러면 여러분의 손을 잡아 주십니다. 자신이 바닥이라고 생각할 때 어딘가에 기대고 나면 기대감이 생깁니다. 기대는 우리를 다시 일으켜 세워주는 용기입니다.

세 번째 약병은 '이타적 상상력'입니다. 모두들 자신과 관계없는 것에는 큰 관심이 없습니다. 관심이 있더라도 오래가지 못합니다. 나에 대해 생각하고 걱정하는 마음의 백 분의 일만 남겨 놓으세요. 그리고 타인의 마음은 어떨까를 생각해보는 것입니다. 돈을 쓰며 기부를 하고, 몸을 움직여 봉사를 하라는 얘기가 아닙니다. 타인의 고통에 함께 아파하는 것입니다. 사회적 약자나 큰 사고의 피해자들을 위로하고 그들의 어려움과 고통에 함께 마음을 전하는 것입니다. 위로하고 응원하는 마음 전하고, 인터넷에 댓글 하나 남기고 생각하는 것입니다. 이런 선한 연대의 마음이 여러분을 더욱 강하고 멋진 사람으로 만들 것입니다. 이타적인 생각은 연기처럼 조금씩 피어오릅니다. 작은 마음이 큰 마음과 행동으로 옮겨 가게 됩니다. 나의 마음과 재능으로 누군가를 도울 수 있지 않을까는 상상력이 자꾸 생길지도 모릅니다. 이것으로 삶의 보람과 이유가 생긴다면 더할 나위가 없습니다. 불의에 대한 분노도 잊지 마세요. 분노가 불의를 막을 수 있습니다.

이 세 가지 약병은 유통기한이 없습니다. 언제든 꺼내어 복용하시고 빨리 회복하세요. 그리고 방학 때는 하고 싶은 것들을 모두 다 하시고 실컷 놀아야 합니다.

여기까지가 이번 학기 종강사이다. 이런 말들이 취업난에 시달리는 지금 청년들의 현실에서 무슨 소용일까 하는 것쯤은 안다. 뜬구름 잡는 이야기일 수도 있다. 하지만 시간이 지나고 나면 이런 말들만 오롯이 생각난다. 마치 수십 년 전 보았던 영화 「죽은 시인의 사회」에서 키팅 선생님이 외쳤던 '카르페 디엠(Carpe Diem)'처럼.

4부

겨울 아이

호랑이 꿈

다들 믿지 못하겠지만 내 태몽은 호랑이 꿈이었다.

어머니는 가끔씩 고개를 갸우뚱거리시며 지금도 믿을 수 없다는 듯이 내 태몽을 얘기하셨다. 정말 생생하게 꾸었어. 지금도 호랑이가 내 앞에 떡 하고 서 있는 것 같아. 바늘처럼 꼿꼿하게 선 황금빛 털. 온 땅이 울리는 듯한 숨소리. 아직도 생생해. 꿈속의 어머니는 밭을 매고 계셨다. 신혼 새댁이라 알록달록하게 수놓은 화려한 한복을 입고 계셨다. 그런데 갑자기 호랑이가 어슬렁거리며 내려오더니 어머니 앞에 떡 하고 나타났다. 어머니는 놀라서 허겁지겁 도망을 쳤지만 금세 호랑이는 어머니 얼굴 앞에 다시 섰다. 그러곤 어머니 치맛자락을 물고는 놔주지 않는 것이다. 호랑이는 고깔 밑까지 얼굴을 파묻고 어머니를 떠나지 않았다. 잠이 깬 어머니는 본능적으로 태몽인 걸 아셨다. 어머니는 그전에 유산한 경험이 있었다. 이번에는 아기가 뱃속에서 떨어지지 않고 잘 들어서겠구나고 생각하셨다.

나를 잉태하고 실제로 어머니는 호랑이를 만났다고 했다. 믿기 힘든 얘기다. 하지만 어머니는 정말 생생하게 기억하고 계셨다. 아버지는 부재중이셨다. 아버지께서 확신하신 신(神)의 뜻을 따르기 위해 잠시 가족을 떠나 있었다. 강원도 산골은 긴 겨울밤을 홀로 보내기엔 너무 적막한 공간이었다. 어머니는 뜨개질을 하시다가 까무룩 잠이 드셨을 것이다. 자정 무렵. 땅이 울리는 소리가 들렸다. 그 소리가 점점 가까워지더니 이내 방문 앞에서 멈추는 것이었다. 어머니는 문을 꼭 잠갔다. 두려웠다. 만삭의 배를 한 번 더 쓸어보고는 두 손을 모아 기도만 하셨다. 날이 이슥하도록 호랑이는 집을 뱅뱅 돌았다. 온 대지가 밤새 울렸다. 그때 어머니는 보았다. 방문 틈으로 숨죽여 밖을 살펴보았을 때. 호랑이의 눈은 칠흑 같은 어둠 속에서도 무섭게 빛났다. 더 오래 볼 수 없어서 이내 방문을 닫고 밤새 호랑이의 발걸음 소리를 들었던 것이다. 해가 밝았다. 호랑이는 가버렸다. 집 주위엔 호랑이가 남긴 발자국이 가득했다. 발자국 하나가 사람 얼굴만 하다고 했다.

다소 과장이 섞인 이야기겠지만 어머니는 겨울밤에 만났던 그 짐승이 호랑이라고 굳게 믿고 계셨다. 담이 없는 산 밑의 외딴 시골집에는 짐승들이 자주 출몰했다. 마을 사람들은 이곳에 호랑이가 가끔씩 출몰한다는 소문도 수근거렸으리라. 1972년 겨울의 일이다.

이것은 어떤 사건일까. 운명이라고 하기엔 호랑이가 내 형상이나 기질과 맞지 않고, 우연이라고 하기엔 마치 신탁처럼 너무 생생하다.

나는 강원도 영월군 하동면 주문리(일명 모운동)에서 태어났다. 지금은 하동면이 김삿갓면으로 개명되었다. 내 태어난 곳 근처에 김삿갓의 무덤이 있다. 지명은 대단한 힘을 가지고 있다. '모운동'은 구름이 모이는 곳이라는 뜻이다. '모운동'은 구름처럼 떠돌며 살다간 김삿갓(난고 김병연)을 이곳으로 다시 오게 했다. 한때는 산속의 석탄을 캐러 사람들이 구름처럼 몰렸던 곳이다. 지금은 노인들만 남아 있는 고요한 마을이 되었다. 그런 이유에서일까. 운명인 걸까. 나 또한 이십 대까지 구름처럼 전국을 떠돌며 살았고, 김삿갓처럼 시를 쓰고 있다. 그러니까 나는 김삿갓의 혼이 담긴 곳과 가장 가까이에서 태어난 시인인 셈이다.

강원도 겨울 아이

유년의 겨울은 유독 길었다. 강원도를 두루 다니며 살았던 덕이다. 나는 겨울에 태어난 겨울 아이이다. 내 감각이 가장 예민하게 기억하는 계절 또한 겨울이다. 찬바람이 불어야 비로소 나는 모든 것들이 예민하게 감각된다. 찬바람이 콧속으로 들어와 온몸이 차갑게 식어가는 느낌이 들 때야 비로소 나를 느낀다. 늦가을부터 시작되는 찬기(氣)와의 만남은 날 설레게 한다.

강원도 산골은 일 년의 반이 겨울이나 다름없다. 여름이 지나면 곧바로 김장이 시작된다. 그리곤 긴 겨울이 시작된다. 어느 겨울엔 자고 일어나니 온 세계가 전부 눈으로 덮인 날도 있었다. 방문을 여니 흰 눈이 너무 눈부셔 눈을 뜰 수 없었다. 내가 디딤돌을 밟고 올라타야 오를 수 있는 마루까지 눈은 차올라 있었다. 어느 곳이 마루이고 마당이고 대문인지, 어느 곳이 길이고 도랑이고 담벼락인지 모를 정도로 온 세상이 눈으로 가득했다. 초등학교

2학년쯤이었다. 폭설로 임시방학이 되어 그날부터 학교에 가지 못했다.

군인들은 마을로 모두 나와 눈을 치웠다. 우리 꼬맹이들은 터널을 만들고 이글루를 만들어 놀았다. 손과 발에 동상이 걸리도록 놀았다. 그때 우리들은 누구나 동상 한 번쯤은 걸렸다. 저녁나절엔 친구의 아버지가 우리 집에 고기를 가져다주셨다. 친구의 아버지는 육군 중사였다. 오늘 잡은 멧돼지라고 했다. 나는 멧돼지 고기를 그날 처음 먹어 보았다. 멧돼지, 토끼, 꿩, 고라니, 개구리, 그리고 온갖 민물고기 등을 그때 다 먹었다. 아쉽게도 그 맛을 지금 다 기억하지 못한다.

잊지 못할 유년의 죽음이 있었다. 당시 내가 사랑했던 강아지의 죽음이다. 강아지의 이름은 물론 메리였다. 강아지라면 누구나 이름이 메리였던 시절이었다. 메리는 한겨울에 얼어 죽었다. 그것이 병인지 동사인지는 모르겠지만 아침에 일어나 메리집으로 가보니 온몸이 딱딱하게 굳어 있었다. 이렇게 추운 날 내가 부엌으로 옮겨놨어야 했는데 하는 심한 죄책감이 일었다. 어찌나 눈물이 나는지 한겨울에 내복만 입고 개집 주위를 한참이나 서성였다. 나중 아버지와 함께 파묻어 주었다. 우리는 마치 영화의 한 장면처럼 강아지의 장례식을 치러주었다. 강아지의 주검은 옷으로 잘 감싸서 땅을 파고 묻었다. 작은 봉분도 만들었고 그 위에 십자가도 세워주었다. 이 절차는 모두 내가 집행했다. 아버지는 묵묵히 지켜보고만 계셨다. 내가 다른 영혼을 위해 가장 간절히 기도할 수 있다는 걸 아마 그때 깨닫지 않았을까. 이별의 아픔은 다른 사랑으로 회복되듯이 곧 나는 다른 강아지를 들여 그 아픔을 회복하였다. 강아지와 함께 골목에서 골목으로 마을 어귀에서부터 강가까지 뛰어다니면 행복했다.

언제부터인가 편식이 시작되었다. 우유도 맛이 없었고 고기도, 멸치도, 콩도, 달걀도. 세상에 어린이들에게 몸에 좋다는 음식은 모두 맛이 없었다. 그때 맛있었던 음식은 라면과 김 정도. 우유나 삶은 달걀흰자를 먹다 토하기도 했다. 돼지고기는 입 안에 넣자마자 몰래 뱉어내었다. 우유와 달걀에 대한 거부감은 거의 고등학교 졸업 때까지 이어졌다. 밥도 맛이 없어서 라면 수프나 설탕에 비벼 먹기도 했다. 어떤 날은 밥을 남기면 혼날까봐 엄마 몰래 땅속에 밥을 파묻기도 했다. 그렇다고 우리 집이 풍족한 집은 아니었다.

친구들은 냇가에서 피라미를 잡아 그 자리에서 배를 따

고 씹어 먹었다. 어른들 흉내를 내느라 된장을 가져와 피라미와 마늘쫑을 함께 찍어 먹기도 했다. 나도 따라 했다. 아무리 맛이 없어도 친구들이 하는 건 따라 했다. 동산에 가서 오디를 따먹기도 했다. 혓바닥과 이빨이 새까매지도록 오디를 따먹고 주전자에 한 가득씩 담아 왔다. 지금 생각하면 내가 어린 시절 먹었던 대부분은 가장 천연의 자연식인 것이다. 강원도 산골에서 냇물과 공기와 자연의 모든 것들을 먹었다. 하지만 나는 편식 때문에 키가 크지 않고 점점 말라갔다.

이사를 자주 다녔다. 아버지는 강원도 영월 옥동중학교 교사였다. 그러다 다니던 교사를 그만두고 신학을 공부하셨다. 그리곤 목회를 시작하셨다. 전학을 가면 낯선 환경에 적응을 해야 했다. 친구들이 못살게 굴기도 하고 놀리기도 했다. 나는 얼굴이 하얀 편이어서 대부분의 친구들이 도시에서 전학을 온 것으로 오해했다. 전학 오는 학생이 흔치 않은 때였다. 한 학년에 한 반이거나 두 반이 전부였던 학교에는 모두가 전학생을 구경하러 왔다. 전학 선물로 받아온 내 자석필통이나 샤프펜슬, 공책을 구경하기도 했다. 엄마가 입혀주신 새 옷에 흙을 칠하거나 운동화를 밟기도 했다.

전학을 자주 다니니 언제나 이방인이었다. 나는 그곳의 친구들과 영원히 가까워질 수 없다고 생각했다. 이방인이라는 경계 위에서 위태롭게 관계를 유지하다가 마음에 맞는 친구들이 하나둘씩 생겨났다. 이상하게 그런 복은 있는 것이다. 내가 먼저 손을 내밀지 못했지만 늘 친구들은 내게 손을 내미는 것이다. 친구들이 생겨서 친해지고 서로 손을 맞잡으며 어깨를 부딪칠 무렵 또 전학을 가야 했다.

편지를 썼다. 이곳에 오면 저곳의 친구들에게 편지를 썼다. 편지를 쓰며 그리워하는 것이 취미가 되어 버렸다. 편지쓰기는 고등학교 때까지 이어졌다. 종이에도 쓰고, 화장지에도 쓰고, 잘 말린 은행잎에도 썼다. 사진도 보내고, 낙엽도 보내고, 그림도 그려 보내고, 좋아하는 노래를 녹음한 테이프도 보냈다. 어쩌면 내 문학의 출발은 편지에서부터 시작되었는지 모른다.

믿지 못하겠지만
나는 시인이 되었다

초등학교 때 나는 《새벗》이라는 잡지를 정기구독했다. 아버지는 월부 책장사들에게 최우수 고객이었다. 한마디로 호구였다. 어머니는 무척 스트레스를 받으셨다. 빠듯한 살림 때문에 월부책을 더 이상 들여 놓을 수 없기 때문이었다. 나는 《새벗》보다는 《어깨동무》나 《새소년》을 더 좋아했다. 이유는 단순했다. 《어깨동무》나 《새소년》에는 만화가 있었으니까. 송년호나 신년호 잡지는 그야말로 놓칠 수 없었다. 만화만 있는 특별호가 따로 나왔으며 각종 선물이 즐비했다. 내 생일이나 성탄절 선물은 《어깨동무》나 《새소년》이었다. 《어깨동무》의 발행인이 육영수

여사였으며 육영수가 죽자 박근혜와 육영재단이 발행인이었다는 것은 아주 나중에 안 사실이었다.

아버지의 서재에는 신학책들과 각종 월부책들로 가득했다. 나는 가끔씩 그 서재에서 한나절을 보내기도 했다. 퀴퀴한 곰팡내가 나는 시골집 한 켠의 서재. 이 서재만 없었다면 이곳은 내 방이 되거나 우리 형제들의 방이 되었을 텐데 하고 생각했다. 의미도 내용도 모르는 서적들을 암호 해독하듯 읽었다. 어린이 동화전집은 읽지 않았다. 재미가 없었다. 기억나는 책들로는 삼성출판사간 한국현대문학전집, 카뮈 문학전집, 보들레르 시집 등이었다. 70권짜리 세로쓰기판 한국현대문학전집은 내가 한동안 가지고 있다가 최근 동생네 집으로 분양되었다.

중학교 때까지 교회와 집과 학교가 내 세계의 전부였다. 집에서는 비교적 말 잘 듣는 장남이었고 교회에서는 신실한 배냇교인이었다. 학교에서도 말썽 안 부리고 성실한 학생이었다. 또래보다 조숙하다는 얘기를 많이 듣는 학생이기도 했다. 하지만 교회와 집 이외의 다른 세계를 경험한 친구들의 사정에 둔감했으며, 그곳의 일들을 두려워하기도 했다.

사춘기가 늦게 찾아왔다. 남들보다 늦은 사춘기 때문에

당황했다. 빨리 어른이 되고 싶었다. 실존에 대한 고민이 더욱 깊어졌다. 신앙에 대한 회의도 감당할 수 없을 만큼 크게 내 인식을 뒤덮었다. 태어나서 나 스스로 선택한 길은 하나도 없었다. 누군가의 아들로 태어나 누군가의 아들로 계속해서 자라나고 있었다. 내가 선택한 길을 찾고 싶었다.

부모님은 다시 먼 곳으로의 이주를 결정하셨다. 이번에는 충청도였다. 나는 혼자 남겠다고 선언하듯 얘기했다. 많은 우여곡절 끝에 결국 나는 혼자 남게 되었다. 남아 있는 고등학교 생활 동안 자취를 했다. 그때부터 내 인생은 좀 다른 길을 걷게 되었다. 학교와 교회를 벗어난 경계 바깥의 학생으로 조금씩 변해갔다. 이탈된 자가 되어 스스로 선택하지 못하고 산 자의 연약함을 뼈저리게 느꼈다. 이 세상엔 피 묻은 상처를 어쩌지 못해 들고 다니는 이탈자들과 나처럼 스스로 선택한 이탈자들이 많았다. 개중엔 간혹 건강한 이탈자들도 있었다. 나는 다른 세계의 이곳저곳을 엿보았고, 때론 함께 살았다. 함께 산다는 것의 즐거움과 어려움을 느꼈으며, 성숙하지 못한 다짐의 결말을 많이 맛보았다. 헤세의 데미안을 읽고 너무 놀랐다. 소설 속의 싱클레어가 바로 나였으니까. 그리고 머지않아 소설 속의 데미안도 나였으니까.

선언하듯 대학을 포기하고 무작정 서울로 올라왔다. 친구들은 대학으로, 업소로, 재수학원으로 도피하듯 들어갔다. 그때 내 눈에는 명문대에 입학한 친구들도 꼭 도피하는 것처럼 보였다. 갖은 종류의 아르바이트를 했다. 마음이 동하면 그날로 처음 가보는 남쪽행 기차를 탔다. 사람살이의 모든 게 우스웠다. 그런 시절이었다. 그만큼 꽤나 지쳐 있었다.

나를 위로한 것은 예상치 않게도 문학이었다. 갑자기 내 삶에 문학이 확 끼어들었다. 일이 없는 날은 용산도서관을 매일 들락거렸다. 주로 소설과 사상서, 문예지를 읽었다. 헤르만 헤세와 프란츠 카프카를 신봉하게 되었다. 앙드레 지드는 취향은 아니었지만 매력적이었고, 보들레르나 랭보를 읽으며 미친 인간들의 미학을 엿보았다. 손창섭과 이승우에 감복했다. 이승우는 지금도 내가 최고로 애정하는 한국작가이다. 그 외 셀 수 없이 많은 작가들, 시인들, 사상가들과 만났다. 만났다 헤어지고, 잊히다 다시 만났다. 그때부터 돈이 생기면 각 출판사의 시인선을 모으기 시작했다. 거의 모든 시인선의 시집들을 구하게 되었다. 순례하듯 헌책방을 다니며 모았고, 읽었다.

부모님과의 약속을 지키지 못해 뒤늦은 나이에 대학을 가게 되었다. 간신히 턱걸이로 부모님이 계시는 지방에 신설된 대학에 입학했다. 국문학을 전공했다. 1학년 때에는 적응을 못해 결석을 많이 했다. 학교보다 서울을 더 자주 들락거렸다. 다행히 교양과목이 많아 학번 동기들이 대리출석을 해주었다. 새로 생긴 대학이라 교수님들의 열정이 대단했다. 1학년을 마치고 도피하듯 군대에 방위병으로 입대했다.

입소하기 이틀 전, 소꿉친구의 부고가 날아왔다. 예기치 않은 일이었고 충격적인 일이었다. 자동차가 눈길에 미끄러진 교통사고였다. 그 친구는 우리들이 모두 위로받고자 하는 여자친구였다. 힘들 때 늘 누나처럼 위로하였으며 편지를 많이 주고받았다. 도저히 친구를 떠나보낼 수 없었다. 그 마음을 고스란히 안은 채 군대에 입소했다. 군대 복무를 마친 후 복학했다. 누구나 그렇듯 나의 짧은 군대 이야기는 장편소설로 써도 모자랄 것이다.

뒤늦게 열병을 앓듯 시를 썼다. 다행히 문학이 전공이었으므로 재미있었다. 시심문학회의 회장이 되었다. 여러 곳을 오가며 시 쓰는 티를 냈고, 시 앞에서만큼은 수줍은 성격이 열정적인 성격으로 변했다. 각종 신춘문예와 문예지에 응모를 했다. 어쩌면 그때가 가장 행복했던 시절이었다. 시밖에 없었던 시절. 연애하면서 당신은 시가 좋아요? 내가 좋아요? 라는 질문을 받던 시절.

운이 좋았다. 운이 좋다고밖에 말할 수 없다. 대학 4학년이 시작되기 전 겨울방학. 《현대시》에서 당선 통보가 날라 왔다. 친구의 자취방에서 며칠을 묵었던 탓에 연락이 안 되었다. 잡지사 편집자는 내게 하소연을 했다. 왜 이렇게 연락이 안 되었느냐고. 죄송합니다. 삐삐의 배터리가 다 달아서요. 당시 내 무선호출기 번호는 012-405-4329였다. 당선작은 「수선화」 외 4편. 다들 믿지 못하겠지만 나는 시인이 되었다.

내 생애 마지막 음악이 기도라면

우울한 음악을 좋아했다. 한때는 병적으로 좋아했다. 남들은 사춘기에 겪는 우울을 늦게서야 앓기 시작했다. 까닭 모를 우울을 친구로 삼았다. 늘 땅만 보며 걸었고, 다가오는 사람들을 용인하지 못했다. 말을 한마디도 하지 않았던 시절이었다. 우울한 곡들이 되레 위로가 되던 시절이었다. 요절한 유재하를 그리워했고, 김현식이 사망한 지 얼마 안 되었던 시절이었다. 김광석이 자살하리라곤 아무도 생각지 못했던 시절이었다. 우울하고 거칠고 처절한 곡들만 탐하면서 스스로 유폐된 채 말도 안 되는 문학의 성채를 쌓아가던 때, 여러 음악들을 만났다.

〈글루미 선데이〉는 위험한 곡이라고 했다. 이 곡을 듣고 많은 사람들이 자살했다고 한다. 음악이 가지는 전설이나 풍문은 자주 김을 빼게 만든다. 막연한 기대는 막연한 느낌만을 남기고, 우월한 기대는 부정적인 느낌을 만들기 마련이다. 글루미 선데이가 내겐 그랬다. 너무 대단한 곡이었지만, 죽고 싶을 정도는 아니었다. 죽고 싶다는 생각이 드는 곡이 있다면 정말 좋겠다고 생각하던 때였다. 조금 우울했고, 조금은 편안했다. 빌리 홀리데이가 부르는 이 곡을 듣고 있으면 죽고 싶다는 생각보다는 좋아서 미치겠다는 생각이 더 들었다. 레이 찰스가 부르는 글루미 선데이는 낭만적으로 느껴지기까지 했다. 이 노래 때문에 일요일이 조금 우울하게 느껴지기도 했지만, 그렇게 우울해지지는 않았다. 일요일은 원래 그런 날이니까.

사랑은 내게 말도 안 되는 일이었다. 누가 이 우울하고 폐쇄적이고 백수인 청년을 좋아할 것인가. 하지만 우울한 백수 청년에게 감지되는 모성적 연민을 사랑의 느낌으로 착각하는 친구들도 간혹 있었다. 잠깐씩 연애도 아닌 연애 비슷한 것을 하기도 했다. 손을 잡았던가. 눈빛을 마주했던가. 입을 맞추기에는 내가 너무 초라했다. 기억이 가물가물한 연애를 하며 우울한 음악을 많이 들려주었던 기억이 난다. 우울한 음악을 들으며 세상의 모든 우울이 나라는 필터를 통해 문학적이고 예술적인 영혼의 기품으로 변화하기를 바랐다. 그리고 그런 마음이 사랑이라는 마음을 건드릴 수도 있을까 바랐다. 참으로 치기 어린 마음이었다. 제일 중요한 것은 위로였다. 음악이 나를 위로할 때, 한없이 자유로운 공기를 느꼈다.

무슨 음악들이 있었을까. 개빈 브라이어스의 〈Jesus' Blood Never Failed Me Yet〉. 나중 탐 웨이츠도 불렀다. 음악이 너무 길었지만, 긴 음악이 가지는 오기가 느껴져서 좋았다. 약물과 자살로 생을 마감한 비운의 싱어송라이터 엘리엇 스미스의 〈Between The Bars〉나 〈Miss Misery〉는 한때 어둠이 밀려올 때마다 듣고 싶었던 곡이었다. 존 서먼의 바리톤 색소폰은 압권이다. 존 서먼의 〈Private City〉 앨범을 틀어놓으면 시가 쏟아져 나올 것 같은 착각에 사로잡혔다. 내게 가장 처절하고 우울한 곡은 마우로 펠로시였다. 마우로 펠로시의 〈Suicidio〉나 〈Al Mercato Degli Uomini Piccoli〉는 한없이 가라앉고 끝도 없이 침울해진다.

우울한 음악들을 예전처럼 많이 듣지는 못하지만, 지금도 여전히 경쾌함보다는 우울함 쪽이 훨씬 좋다. 지금 생각해보면 나는 우울한 음악들을 통해 더 우울해지려는 것보다는 그 우울함을 즐기며 견디려 했던 것 같다. 음악이 주는 덕목 중에 성찰이 있다면, 우울한 음악은 그 덕목을 가장 잘 실천할 수 있는 경우라고 말하고 싶다.

만약에 죽기 전에 듣고 싶은 음악이라면? 아무리 우울해도 죽겠다는 생각을 가진 것은 손가락에 꼽을 정도였다. 죽음은 용기와 태도와 실존의 자긍이 있어야 가능한 것이므로. 죽음을 눈앞에 두었다면 나는 예수가 십자가에 못 박힐 때 옆에 함께 있었던 강도의 심정이 아닐까 하는 생각이 들었다. 내 영혼의 구원과 용서와 감사와 회개가 점철된 가장 나약한 자의 고백이 아닐까. 그런 면에서 문득 떠오르는 노래가 있다. 자주 내 입에서 흥얼대는 노래다. 〈Amazing grace〉. 우리나라에는 〈나 같은 죄인 살리신〉이라는 찬송가로 번안되어 있다. 마할리아 잭슨이 불렀던 〈Amazing grace〉, 사랑과 평화가 불렀던 〈Amazing grace〉, 윤복희나 인순이가 불렀던 〈Amazing grace〉, 박정현이나 소향이 불렀던 〈Amazing grace〉. 그 모든 〈Amazing grace〉가 내게는 모두 뜨거운 벅참이다. 전주 부분에 파이프 오르간이 깔리는 마할리아 잭슨의 곡이라면 더욱 좋겠다.

김광석

우리는 그때 가수 김광석을 광석이 형이라고 불렀다. 스무 살이 되었고 아무것도 하고 싶지 않았다. 짐을 싸들고 서울로 올라왔다. 갈 데가 없었다. 친구의 자취방에 얹혀살았다. 나와 처지가 비슷한 친구들도 몇 있었다. 그렇게 친구들과 함께 자취방에 모여 시간을 축내고 있을 때였다. 그 당시에는 무협지나 비디오를 빌려보는 게 최고의 재미였다. 자취방에는 비디오기기가 없었기에 비디오테이프를 플레이할 수 있는 비디오기기까지 빌려주던 시절이었다. 하루 이틀 동안 열 편이 넘는 비디오를 보고 나면 머리가 아팠다. 대부분 홍콩영화나 할리우드 액션영

화였는데 줄거리나 영화 제목이 겹쳐서 무엇을 보았는지 아무 의미가 없었다. 그러다 할 일이 없으면 음악을 들었다. 우리에게 김광석의 음악은 마치 우리의 삶처럼 느껴졌다. 지금도 김광석을 듣고 있으면 그때의 일들이 떠올려진다.

배가 고팠던 시절이었다. 라면만 먹어 자주 설사를 했다. 밥은 먹어야 했기에 아르바이트를 나갔다. 저마다 학원으로 업소로 공장으로 식당으로 나다녔다. 밤이 되면 두더지처럼 한 사람씩 자취방의 소굴로 기어들어왔다. 모두 지쳐있었다. 아무런 기술도 없이 고등학교를 졸업하고 사회에서 살아가기가 쉽지 않다는 것을 온몸으로 뼈저리게 느꼈다.

무엇보다 외로웠다. 외로움은 혼자라는 외로움이 아니라 삶의 고단함 속에서 나오는 외로움이었다. 이유를 알 수 없는 복잡한 심사가 서로 얽혀 마음을 힘들게 했다. 아무런 낙관도 없는 미래의 일들이 눈앞에 뻔히 보였다. 친구들끼리 점점 말수가 줄었다. 무협지를 읽는 일도 비디오를 보는 일도 심드렁해졌다. 그러다 밤이 깊어지면 친구들은 술을 찾았다. 스무 살은 누구나 술을 물처럼 마실 나이였다. 김광석을 들었다. 왜 김광석인지는 모르겠으나 어느 누구도 김광석의 노래를 바꾸라고 한 일은 없었다. 무조건 김광석이어야만 했다. 누구라도 김광석을 틀어놓는 것에 암묵적인 합의가 있었다.

김광석을 들으며 옛 애인을 생각했다. 무료한 날들을 생각했고, 대가 없는 날들을 생각했으며, 사람은 왜 이렇게 외롭게 살아야 하는가를 생각했다. 김광석을 들으며 노래가 주는 쓸쓸함을 사랑하게 되었다. 김광석의 노래가 왜 쓸쓸하게 들리는지에 대해서는 서로의 의견들이 달랐다. 그의 목소리 때문이라는 친구도 있었고 그의 노랫말 때문이라는 친구도 있었다. 어떤 친구는 그의 포크적인 음악성향 때문이라고도 했다. 어느 이유에서건 그의 노래를 듣고 있으면 쓸쓸해지게 된다는 사실에서는 모두 수긍했다.

나는 김광석의 노래 중 〈잊어야 한다는 마음으로〉와 〈어느 60대 노부부 이야기〉를 특히 좋아했다. 〈잊어야 한다는 마음으로〉는 그 노랫말이 꼭 내 얘기 같았다. 실제로 유리창에 이별한 애인의 이름을 썼다 지우기를 반복한 적이 있었다. 〈어느 60대 노부부 이야기〉는 울고 싶을 때 듣는 노래이다. 살다 보면 이유 없이 울고 싶을 때가 많다. 남자라는 무의식적 관행 때문에 울음을 많이 참는다.

혼자 이 노래를 듣고 있으면 세상 모든 일들을 다 이해할 것만 같다. 또한 세상 모든 일들이 애처롭고 고맙고 미안해지게 되는 노래이다. 김광석은 김목경의 이 노래를 버스에서 듣다가 그 자리에서 울고 말았다고 한다. 내가 60대가 되더라도 아직 철이 들지 못한 늙은 어린애일 테지만 이 노래만큼은 아는 척하고 싶어진다.

그 시절 시를 많이 썼고, 쓰다보니 시인을 꿈꾸게 되었다. 어쩌면 김광석과 함께한 깊은 밤이 나를 시인이 되게끔 도왔을지도 모를 일이다.

너는 완벽한 교훈을 동경하지 말고
너 자신의 완성을 동경하라

헤르만 헤세는 청춘의 장르다. 헤세를 떠올리면 늘 고통스러웠지만 그만큼 아름다웠던 청춘이 떠올려진다. 스무 살 무렵이었다. 배낭 하나 메고 무작정 서울로 상경했다. 내게 고등학교는 시시하고 아무 의미 없는 존재였다. 졸업식에도 가지 않았다. 내 졸업장의 향방도 궁금하지 않았고 대부분의 친구들과는 절연했다. 당연히 대학을 포기했다. 그런 날들이었다. 내게 주어진 모든 조건들이 탐탁하지 않았다. 서울역 근처 동자동, 후암동, 회현동 일대 고시원과 쪽방을 전전하며 살았다. 식당 서빙, 호프집 서빙, 신문 배달, 중국집 배달 등의 알바를 하며 생활을 했다.

나는 인문계 고등학교를 갓 졸업한 신분이었다. 기술도 없었고 낯선 이에게 말을 걸만한 주변머리도 없었다. 키는 작았고 몸무게는 50킬로를 간신히 넘겼다. 할 수 있는 일이 별로 없었다. 가끔씩 새벽에 일어나 일당 잡부를 하기 위해 인력사무소에 나가기도 했다. 아침 해가 떠오르도록 아무도 나를 뽑아 가지 않았다. 인력사무소를 나오면서 드는 서글픔과 찬란한 햇살은 지금까지도 잊히지 않는 장면이다. 부모님에겐 입시공부를 한다는 핑계를 대고 용돈을 받아 썼다. 탕진과 방황의 시절이었고 컵라면과 차가운 김밥으로 연명하던 시절이었다.

그럼에도 불구하고 서울은 황홀했다. 시골에서만 자라온 내게 서울은 모든 것이 환희였다. 서울은 내게 근원과 구원과 방황 사이를 이리저리 오갔던 공간이었다. 매일 천국과 지옥을 하루에도 몇 번씩 경험했던 시절이었다. 그렇기에 오히려 정신적으로는 건강했고 용감했다. 슬픔을 온 마음으로 누렸으며 기쁨을 한없이 끌어안았다. 누군가가 그리우면 서울역으로 가서 당장 기차표를 끊었고, 바다가 보고 싶으면 부산 가는 밤 기차를 타던 시절이었다.

다행히 내게는 친구 몇 명이 있었다. 나와 비슷한 처지와 정신적 상태에 놓인 친구들이었다. 90년대 초반의 정신적 아노미 상태를 겪고 있는 무국적 무정부 무관심 종자들이었다. 학생운동이 극적으로 달아오르고, 서태지와 아이들이 나와서 충격을 주었지만 우리는 여전히 모든 것에 시큰둥했다. 고시원에 누워 창문 사이로 스며드는 최루탄 가스를 마시며 세상에 대해 실컷 욕을 했다. 당구장에서 밤을 새우며 드라마 〈여명의 눈동자〉를 넋 놓고 보다 눈물을 질질 흘리고, 후암동 지하 만화방 '망치'에서 비디오를 보던 것도 모두 친구들과 함께였다.

다행히 꿈과 희망을 놓지는 않았다. 언젠가는 사람이 될 거라고 생각했다. 일요일이 되면 영락교회나 새문안교회에 가서 예배시간에 실컷 졸다가 점심을 얻어먹고 오곤 했으며, 밤새 놀다가 새벽 서리가 내릴 때쯤 눈물을 흘리며 주기도문을 외우기도 했다. 그때 함께 동고동락했던 친구 하나는 후에 신학대학에 입학했다.

서울생활이 이 년째 접어들던 시기였다. 후암동의 한 종교공동체가 운영하는 고시원에 들어갔다. 들어간 이유는 단 하나. 가격이 저렴했고 식사가 무료였다. 원하면 삼시 세끼를 모두 챙겨 먹을 수도 있었다. 가격이 저렴한 만큼 고시원의 규율이 엄격했다. 매일 새벽기도회에 참석해야 했고, 수요저녁예배와 금요철야기도회, 주일예배 등을 의무적으로 참석해야 했다. 목사님의 안수기도를 자주 받았다. 신실하게 종교를 믿는 사람이라도 지키기 쉽지 않은 규율이었다. 하지만 나는 꿋꿋하게 버텨냈다. 경제적으로 그만한 곳이 없었기 때문이다. 왠지 신앙도 성숙되는 것 같고 마음도 따뜻해지는 것 같았다. 아마도 따뜻한 밥과 잠자리가 제공되며 따뜻한 말들이 오고가는 분위기 때문이 아니었을까.

하지만 얼마 못 가 그곳에서 불량 원생이 되었다. 고시원의 규율을 자주 어기고 공동체의 비민주적인 규율에 대해 목소리를 내었다. 그때마다 공동체의 간사 역할을 맡고 있는 친구에 의해 구사일생으로 구제되어 쫓겨나지는 않았다. 원생들은 모두 자신만의 문제 캐릭터를 하나씩 만드는 것 같았다. 각자의 자리에서 패배의 이유들을 하나씩 머리에 꽂고 다녔다. 그곳에서는 패배가 두렵지 않았고 위안이 되었던 것도 사실이다. 그것이 독이 되는 일이라는 걸 안 것은 몇 년 후였다.

그러다 책을 읽는 형을 만났다. 성문종합영어나 대일학원 단과반 교재나 공무원 수험서가 아닌 소설책을 읽는 형을 만났다. 형은 서울의 한 사범대 윤리교육과에 다니고 있었다. 그곳에서 흔하지 않은 현역 대학생이었다. 소설책을 읽는다는 것만으로도 사람에 대한 호기심이 생겼다. 아마 그 순간을 기점으로 앞으로의 내 운명을 조금이나마 설명할 수 있을 것 같았다.

형과 나는 책을 읽고 자주 대화를 나누었다. 여러 작가를 만났지만 그중에서도 나는 헤르만 헤세를 좋아했다. 데미안, 지와 사랑, 수레바퀴 아래서, 크눌프, 싯다르타, 유리알 유희, 황야의 이리, 헤세의 시집과 에세이들. 특히 헤세의 에세이 「짤막한 자서전」은 내게 큰 감명을 주었다. 헤세도 헤세의 주인공도 마치 나였다고 생각했으니까. 목회자의 집안에서 성장했고, 부모님과 어른들이 결정해 놓은 모든 규율과 가치 속에서만 살아야 하는 유년과, 배교를 상상한 적이 있으며, 신앙과 고독 사이에서 갈팡질팡하는 것까지도. 그리고 시인이 된다는 것과 시를 쓴다는 것에 대한 선험적 인식에 이르기까지. 많은 부분들에서 헤세와 동일시를 했다.

나는 그때부터 시라는 것. 시인이라는 것에 대한 일종의 환상을 갖게 되었다. 그리고 헤세처럼 이탈된 자가 되고 싶었다. 이탈의 시간만이 나를 찾는 길이 될 것만 같았다. 그때부터 나는 특별한 나로 살기로 마음먹었는지 모른다. 대학도 가지 못한 스무 살. 무직의 스무 살. 가난한 스무 살. 못생기고 유약한 스무 살. 꿈이 없는 스무 살. 열등감을 무한대로 쓸 수 있는 내 스무 살.

일기장에는 하나도 달라진 게 없는 나에 대해 새롭게 의미부여하는 말들로 채워지기 시작했다. 나는 쥐띠며 사수자리이고 12월의 찬란한 아침에 겨울 아이로 태어났다고. 친구들을 찾아다니며 나는 장차 시인이 될 거라고 떠벌리고 다녔다. 그리고 헤세의 "너는 완벽한 교훈을 동경하지 말고 너 자신의 완성을 동경하라"는 말은 평생의 화두가 되었다. 지금도 내 홈페이지 메인 화면에는 헤세의 저 말이 새겨져 있다.

헤세와
나

오랫동안 나는 싱클레어가 되어 나의 데미안을 찾기 위해 애썼다. 선과 악. 정념과 사랑. 인간의 본성을 일깨우는 조력자들을 찾아 두리번거렸다. 내가 모르는 세계의 본질과 구원에 대해 조언하고 내 영혼을 올곧게 바라볼 수 있는 자. 금기의 벽을 깨부수고 자유를 얻을 수 있는 자. 그런 데미안을 찾기 위해 애썼다. 이런저런 선생님, 전도사님, 목사님, 형님 등과 교류를 맺었다. 하지만 곧 잊혔다. 통과제의의 시간들이었다. 어쩌면 진리는 내 속에 있는지도 모른다. 허상을 좇고 있었는지도 모른다. 인간은 인간의 세계가 있을 뿐이다. 먹고 입고 자고 싸며 아웅다웅할 수밖에 없는 운명인 것이다.

헤르만 헤세를 한 권씩 읽어나갔다. 헤세의 세계와 만나며 황홀했다. 『수레바퀴 아래서』의 한스에 감정이입했다. 소설 속의 검은 숲을 상상했다. 주인공 한스는 엘리트였지만 고독했다. 아버지와 목사님과 선생님과 동네 모든 사람들의 기대를 충족시키는 것이 삶의 전부였다. 한스는 신학교에 입학하였지만 적응하지 못하고 아웃사이더가 되었다. 탈출과 퇴학과 정신쇠약의 구렁으로 빠져들었다. 그리고 사랑이 있었다. 엠마는 또 다른 차원의 구원이었다. 나는 한스의 죽음을 암시하는 장면에서 너무 큰 충격을 받았다. 영혼의 문제는 죽을 수 있는 가장 큰 이유였다.

『싯다르타』를 읽으며 다른 종교에 대한 관심이 생겼다. 종교와 포용의 방법에 골몰하기도 했다. 잡지 《기독교사상》과 해방신학과 탁명환과 에큐메니컬 운동에 대해 손때를 묻혔다. 청년 싯다르타의 고행과 방황은 매력적이었다. 이런 독서체험이 나중에 인도를 동경하게 되는 계기가 되기도 했다. 싯다르타와 친구 고빈다와의 수행과 단식의 삶을 실천해보자는 제안을 친구들에게도 했다. 며칠을 굶고 다니며 영혼이 맑아지는 것 같다고 농을 쳤다. 욕망을 벗고 본질을 꿈꾸는 것이 얼마나 근사한가. 그것을 실천해보고 싶었다. 한마디로 객기였다. 사춘기가 늦게 온 몽상가의 엄살이었다. 싯다르타도 사랑을 만난다. 카말라와의 만남. 카말라는 사랑을 알려주었지만 싯다르타가 줄 수 있는 것은 시밖에 없었다. 싯다르타는 사랑을 위해 장사를 해서 돈을 벌고 외모를 꾸미는 삶을 살았지만 무희와 욕망을 채우고 빠져들면서 참담함을 느낀다.

싯다르타는 평생 평화를 위해 고행을 했다. 평화의 진리를 깨닫게 해준 나루터의 뱃사공을 만나기까지 평생이 걸렸다. 그리고 고통에서의 해방은 스승에 의해서가 아니라 스스로의 깨달음에서 비롯된다는 것을 알려주었다. 물질세계의 허상과 영적인 것의 고귀함이 가장 큰 지혜라는 것. 그것이 아름다움이라는 걸 느낄 수 있었다.

서울 고시원에서 살아가는 나의 생활이 싯다르타의 방황과 고행인 것처럼 동일시시켰다. 인간의 성숙이 무엇일까. 세상에 대한 용서와 사랑이 어디에서부터 비롯될까. 경탄과 아름다움을 발견하는 기쁨이 진리일까.

헤르만 헤세는 15세 때 신학교에서 탈출하고 자살을 시도한다. 이후 9년 동안 서점 점원으로 생활하고 독서와 글쓰기를 하며 습작 시절을 보낸다. 이후의 삶은 세상에 잘 알려진 가장 용감한 시인과 작가의 시간이다.

예전엔 『지와 사랑』으로 번역되었던 『나르치스와 골드문트』는 내게 무엇보다 큰 감명을 주었다. 나르치스와 골드문트는 우정에 관한 이야기로 시작한다. 평온하고 이지적인 나르치스와 낭만적이고 열정적인 골드문트. 어둡고 깡마르고 사변적이며 분석가인 나르치스와 화사하고 순진하며 몽상가인 골드문트. 이들의 우정은 사람의 영혼을 어떻게 바라봐야 하는지를 잘 보여준다. 헤세에게 절대적인 영향을 주고받았던 심리학자 융은 이를 가리켜 "한 존재가 다른 존재에게 느끼는 신비적 참여"라고 했다. 나르치스는 골드문트를 사제가 아니라 예술가의 존재로 인식했다.

예술가는 일탈의 경험을 통해 자아를 인식한다. 골드문트는 수도원에서 몰래 도망 나와 바깥 생활을 체험하다 한 여성을 만나 키스를 한다. 수도사로서 죄를 저질렀다는 영혼의 고통을 나르치스는 온전히 받아준다. 나르치스가 골드문트에게 조언해준 전언들은 상처를 헤집는 말들이었다. 하지만 나르치스가 없었다면 골드문트는 자신이 속할 수 없는 수도원에서 평생 고통스럽게 보냈을 것이다.

골드문트는 급기야 정신착란을 일으킨다. 무희 출신 어머니와 폭력적인 아버지 아래서 성장했던 원체험과 어머니에 대한 증오와 그리움은 그를 오랫동안 괴롭힌다. 어머니의 기억을 찾아준 나르치스의 독설은 골드문트를 본질로 더 가까이 가게 만든다. 골드문트는 마지막 죽음을 앞두고 어머니에 대한 용서와 그리움과 사랑을 온 힘으로 얘기한다. 마지막에 가장 간절히 그리워하는 존재가 어머니인 것이다. 골드문트에게 어머니는 우주의 상징이다. "가장 절실한 깨달음을 얻기 위해서는 감당할 수 없는 고통을 견뎌야 한다"는 전언은 언제 읽어도 근사하다. 그랬기 때문일까. 나는 「나르치스」라는 시를 썼다.

골드문트는 시의 언어를 가진 자이며 나르치스는 사제의 언어를 가진 자이다. 정념의 언어와 이성의 언어는 극단에 서 있는 듯하지만, 정작 시는 정념과 이성을 모두 지녀야만 매력적인 거라고 나는 믿었다. 세간의 사람들은 헤르만 헤세를 사춘기에 읽는 치기 어린 작품으로 치부하기도 한다. 하지만 내게 헤세는 가장 큰 영혼의 산맥이다. 『데미안』이나 『나르치스와 골드문트』는 다시 읽어도 여전히 깊고 새롭다. 사춘기에나 읽는 그런 소설이 아니라, 평생을 읽어야 하는 작품이다. 어쩌면 내가 아직 사춘기라서 헤세가 좋은 것일지도.

헤세는 13살에 "시인이 되거나 그렇지 않으면 아무것도 되지 않겠다"고 고백한다. 시인이 되거나 아무것도 되지 않겠다는 다짐은 대체 어디서 비롯된 것일까. 결기의 기원을 살피기보다 그 결기가 너무 아름다워서 나는 시를 쓰기 시작했는지 모른다. 마치 무언의 운명처럼 나도 시인이 되지 않으면 아무것도 되지 못할 것 같았다. 이십대 초반의 나는 헤르만 헤세를 만나 또 다른 영혼의 눈을 떴으며 그때부터 열병을 앓듯 시를 쓰기 시작했다. 그것은 운명이라는 말밖에는 다른 설명할 말이 없다.

어머니

어머니가 아프셨다. 허리가 너무 아파 걷지도 못하겠다고 했다. 수화기 너머로 울먹거리는 어머니의 음성이 들렸다. 가슴이 무너지는 것 같았다. 오죽 아프셨으면 아들에게까지 하소연하실까. 당장 서울로 모셨다. 큰 대학병원 통증클리닉을 찾았다. 치료를 받기 위해 전국에서 환자들이 모인다 했다. MRI 촬영을 했다. 통증클리닉에서는 척추 부근 MRI 사진에 이상한 게 발견된다고 했다. 정형외과의 진단확인서를 가져와야 치료를 해줄 수 있다고 했다.

어머니는 혹시 암이 아닐까 걱정하셨다. 이제야 살만한

데. 혹시 암이면 어떡하니. 아예 암이라고 단정짓듯 말씀하셨다. 어머니, 괜찮아요. 걱정 마세요. 암은 아닐 거예요. 그렇게 위로의 말을 건넸지만, 마음 한구석의 불안은 떨쳐버릴 수 없었다. 한 시간이라도 빨리 확정 진단을 받기 위해 서울의 여러 병원을 돌아다녔다. 걷기도 힘든 어머니를 들쳐업고 제발, 어머니 힘을 내세요. 하나님 도와주세요. 마음속으로 크게 외치며 기도를 했다. 여러 우여곡절 끝에 암이 아니라는 진단을 받았다. 서울에 머물며 한 달간 치료를 했다. 드디어 어머니는 조금씩 걷기 시작했다. 우리 가족은 웃음을 되찾았다. 감사함이 물밀듯 가슴을 휩쓸었다. 어머니께 너무 고마웠다.

어머니는 충북 영동 유복한 농가의 가정에서 태어났다. 젊은 시절 교회를 열심히 다니셨다. 동네 교회의 모든 교육과 봉사를 도맡아 했다. 어머니는 읍내 교회의 부흥회를 참석하여 안수기도를 받았는데 부흥목사가 어머니에게 목사 사모가 될 것이라 예언했다. 어머니는 말도 안 되는 얘기라며 곧 잊었다.

어느 여름 동네 교회 전도사의 친구가 여름방학을 맞아 놀러 왔다. 전도사의 친구는 강원도 영월에서 교사로 근무하고 있었다. 어머니와 전도사의 친구는 곧 눈이 맞았고 결혼을 했고 전도사의 친구는 나의 아버지가 되었다. 신혼집을 가기 위해 영동에서 영월로, 버스를 타다가 걷다가 하루 종일 갔다. 어머니는 눈물을 흘렸다. 가도 가도 끝이 없는 산골 속에 고생길이 훤히 드러났다. 거기에서 내가 태어났다. 어머니 나이 스물두 살의 얘기다. 이후 아버지는 목회로 전업하시고 부흥목사의 예언대로 어머니는 운명처럼 목사 사모가 되었다. 어머니는 평생 시골에서 아버지와 노인목회를 함께했다.

우리 세대의 어머니들 대부분이 그래 왔듯 내 어머니도 고생 꽤나 하셨다. 아버지는 교사에서 전도사로 직업을 바꾸며 강원도 오지로 돌아다녔다. 어머니는 강원도 두메산골에서 삼 남매를 키우셨다. 땔감을 구하기 위해 산을 오르셨고, 돼지를 키우기도 했다. 어머니는 험한 일을 해보신 적이 없었다. 하지만 결혼을 한 후, 온갖 험한 일을 많이 하셨다. 첫째인 나를 임신했을 때 어머니는 먹을 게 없어 썩은 사과를 한 자루 얻어와 한 달 내내 드셨다. 그 이유 때문인지 나는 어릴 적부터 사과를 유난히도 좋아했다. 둘째 여동생을 낳았을 때는 젖이 돌지 않아 술지게미를 먹였다. 여동생은 아직도 많이 마르고 작다. 또한 집착적으로 고기를 좋아한다. 어머니는 그때 못 먹여서 그런다고 씁쓸한 표정을 지으며 말씀을 하시곤 했다.

막내 남동생은 장애를 안고 태어났다. 어머니의 고생은 더 깊어졌다. 초등학교 6년 내내 막내를 업어 등하교시켰다. 막내는 다혈질적인 타고난 성격 때문에 싸움도 많이 했다. 너무나 완강한 자존심으로 인해 늘 막내는 사고가 많았다. 어머니는 문제가 생길 때마다 무릎을 꿇으셨다. 자존심밖에 남지 않았던 어머니는 아들을 위해 그렇게 무릎을 꿇고 또 꿇었다. 지금 우리 막내는 효자 노릇을 톡톡히 한다. 어머니가 아파 몸져누우실 때가 오면 자신이 모든 걸 그만두고 병간호를 할 테니 그 누구도 막지 말아 달라고 한다.

어머니의 희생 덕분인지 우리 삼 남매는 그런대로 잘 컸다. 속을 많이 썩여 드렸지만 성인이 되고, 자신의 앞가림을 하기 시작한 때부터는 어머니의 마음을 편안하게 해드리기 위해 노력했다. 나는 어머니께 늘 고만고만한 아들이었지만, 어떤 측면에서는 어머니의 위로가 되는 아들이었다. 장남이었기 때문인지 당신의 어려운 속내를 내게 많이도 말씀하셨다.

공부를 마치고, 밥벌이를 하고, 결혼을 하고, 자식을 낳으면서 나는 어머니의 심정을 조금이나마 이해할 수 있게 되었다. 어머니는 내 삶의 가장 뜨거운 상징이었다. 또한 내가 살아가는 이유 중 하나이기도 했다. 우리는 어머니를 통해 기쁨을 얻고 슬픔을 얻고 위안을 받는다. 어머니는 내가 죽을 때까지 변하지 않고 신봉할 수 있는 믿음이다.

어머니는 그 모든 인생의 슬픔을 감싸 안고 함께 사셨다. 인고의 세월이라고, 신산한 세월이었다고 다들 말하지만, 어머니는 너희들이 있어 행복하다고 늘 말씀하셨다. 어머니는 아직도 허리가 아프시다. 수술을 해서도 완치되지 않기에 평생 통증을 함께 안고 가야 한다. 유독 꽃을 좋아하시는 어머니. 봄날이 오면 어머니의 손을 꼭 잡고 꽃놀이를 가야겠다.

골목길
산책자

장 그르니에는 산책자의 위의(威儀)를 가장 매력적으로 드러낸 이다. 우리에게 산책이란 그저 평범한 시간을 가장 평온하게 보낼 수 있는 생활의 한 장면이다. 하지만 그르니에게 산책은 여러 가지 철학적 의미를 담은 고귀한 행위였다. 심지어 그는 산책의 정의와 좌표들을 설정하고 산책의 시간과 산책하는 자의 진귀한 내면을 파헤쳤다.(「산책」, 『일상적 삶』, 장 그르니에, 청하, 1988) 즉 산책에도 여러 가지 성격의 종류가 있다는 것이다. 강제에 의한 산책, 이성에 의한 산책, 사회성에 의한 산책, 철학적인 산책, 자연과의 융합수단으로서의 산책, 완성된 산책 등이 그것이다.

저 유명한 칸트의 저녁 산책은 정기적인 휴식의 산책이다. 그에게 산책은 자신의 작업으로부터 벗어난 유일한 휴식의 시간이었다. 이에 반해 니체의 산책은 자신의 작품을 구상할 수 있는 중요한 작업의 연속이었다. 루소의 산책은 몽상과 명상을 장려한 산책이었다고 한다. 장 그르니에는 루소의 산책은 타인과 교제할 수 있도록 하는 것이 아니라 타인으로부터 도망가게 해주는 산책이라고 한다.

생각해보면 대부분 이런 산책을 바라는지도 모르겠다. 타인으로부터 벗어나 오로지 나 자신과 마주하는 시간을 갖기 위한 산책. 키르케고르의 아버지는 산책했을 당시의 모든 장소를 아주 상세하게 묘사해주는 방식을 택했다. 즉 가시적이고 관조적인 산책의 즐거움을 일깨운 것. 하지만 열자(列子)는 산책에서 관찰하는 기쁨을 찾지 않고 명상하는 기쁨을 찾았다고 한다. 이것은 보이는 것이 아니라 자신의 내면에서 기쁨을 끌어낸다는 것. 이것이 바로 완전한 산책이라고 말한다. 열자의 스승은 이렇게 말했다고 한다. "산책하되 완전하게 하라. 완전한 산책자는 어디를 가는지도 모르고 걸으며, 그가 보고 있는 것이 무엇인지도 모르면서 바라본다…… 나는 네게 어떠한 산책도 금하지 않지만, 완전한 산책을 할 것을 충고한다"고.

한동안 나도 산책을 했다. 아니, 산책을 한다는 자의식 없이 그냥 걸었다. 내려야 할 지하철 한두 역 전에 내려 걸었다. 내가 주로 걸었던 길은 집 주변의 골목길이다. 어느 날부터인가 골목길을 걸으며 내가 욕망하는 것, 놓고 싶은 것, 바라보고 싶은 것, 듣기 싫은 것들을 떠올리기 시작했다.

골목길을 걸으며 나는 언젠가 읽었던 장 그르니에의 산책을 떠올렸다. 그의 책 『지중해의 영감』(청하, 1988)은 내 감성의 세포들을 흔들어 놓았다. 물론 그의 산책과 나의 산책에는 많은 차이가 있다. 그럼에도 불구하고 이 골목길이 내 삶의 길이 아니라 지중해 도시의 어느 신비한 골목길이길 바랐다. 산책을 통해, 산책을 통한 시를 통해 나는 조금 위로받았다고 말해도 되는 것일까.

골목길을 걸으면 가끔씩 눈물이 난다. 한없이 작고 아기자기하고 예쁜 길, 담쟁이와 붉고 노란 꽃들이 담벼락을 타고 넘는 길, 욕망과 욕정이 자욱한 길, 더럽고 추하고 가난한 길, 시끄럽고 위험하고 울퉁불퉁한 길, 소년소녀들이 욕하고 침을 뱉고 담배를 피우는 길, 취객들과 노인들과 부부들의 싸움 소리가 새어 나오는 길, 이 모두가 공존하는 길. 그 골목길이 내 삶이기 때문이다.

장 그르니에는 알제리의 오랑에 있는 산타크루즈에서 산책을 한다. 태양의 발자취가 언덕을 휘감는 아름답고 신비한 풍경을 기적이라고 온몸으로 받아들이는 순간을 직시한다. 산책 속에서 만나는 거대한 풍경으로 삶과 존재의 비밀을 언뜻 알게 된다. 이 모든 순간들이 우리를 채워주기보다는 비워버린다는 깨달음까지도. 그의 일상은 고귀한 산책의 시간을 누리는 것이었다. 여전히 그의 산책은 가장 멋있다. 나의 골목길 산책도 어떻게 변할지 기대된다.

그때는 명왕성이 있었지

2005년 결혼을 했다. 평생 혼자 살 것이라는 주변의 기대를 저버리고 누구나 한다는 결혼을 했다. 시인에게 결혼은 누구나 하는 일이 아니다. 종교적 신념에 비례하는 순교자적 소명 없이는 결혼을 생각할 수 없다. 당시 서른넷. 시를 쓰고, 박사과정 대학원생이며, 비상근 문예지 편집자였던 나도 평범하게 살아볼 요량으로 결혼을 했다. 예비 신랑 신부의 자취방 보증금을 빼니 오천만 원이 되었다. 이리저리 돈을 더 융통해서 육천오백만 원짜리 방 두 칸이 있는 전셋집을 구했다. 집은 지하철 2호선 신림역 근처에 가까스로 구했다. 지하철도 있고, 시장도 있고, 먹자골목도 있고, 게다가 월세가 아닌 전세라니. 신림동은 시골에서 상경한 내 정서와 잘 맞는 동네였다. 서울 토박이보다 고향이 남쪽인 분들이 훨씬 많았다. 무엇보다 시장 물가가 저렴했고, 신림동 순대타운이나 고시촌으로 들어가면 값싸고 푸짐한 음식점들이 즐비했다.

하지만 어느 동네든지 좋은 일만 있는 것은 아니다. 어느 날 친구들과 저녁 약속이 있어서 저녁을 먹고 지하철 막차를 타고 신림역에 도착했다. 집에 가기 위해서는 역 근처 유흥주점 골목을 지나가야 했다. 그때 어떤 청년이 내 손목을 잡았다.

"형님. 놀다 가시죠?"

"전 집이 여기 바로 앞이에요. 놀러 온 거 아니에요."

"에이. 왜 이러실까. 잘 해드릴게요."

"진짜 집이 요기 바로 앞이라니까요. 자꾸 그러시네."

일명 삐끼라고 부르는 주점의 호객꾼이었다. 근처에 단란한 주점이 많았는데 당시에는 거의 호객꾼들을 두고 있었다. 그렇게 시작된 호객꾼과의 실랑이가 꽤 오랜 시간 지속되곤 했다. 한마디로 떼어내기가 정말 어려웠다. 화도 내보고, 무시하고 지나가 보기도 하고, 돈이 없다고 지갑을 보여주기도 했는데 호객꾼들은 쉽게 포기하지 않았다. 그 이후로 조금 늦은 시간이면 빙 에둘러서 집에 들어갔다.

또 하나 어려운 점이 있었다. 그건 다름 아닌 출근길의 고통이었다. 서울살이 직장인들의 출근길 노고를 고스란히 체득하게 되었다. 나는 며칠은 출판사로 며칠은 대학원으로 출근했다. 늘 지하철을 탔다. 출근길의 2호선은 지옥철이었다. 푸시맨이 있던 시절이었다. 이 차를 탈 수 있을까 고민하고 있으면 뒤에서 푸시맨이 밀어 넣었다. 매일 구겨져서 지하철에 실려 갔다.

가장 곤혹스러운 것은 앞사람의 눈과 마주하는 것이다. 애써 서로 눈동자를 아래로 깔거나 눈을 감는 수밖에 없었다. 애초에 고개를 돌릴 수도 없는 상황이므로. 눈을 감는 대신 매일 온갖 인간 군상들의 냄새와 소리들을 섬세하게 들을 수 있었다. 비누냄새, 목욕탕 스킨 냄새, 전날 숙취 냄새, 꼬락내, 방귀 냄새, 암내, 오래 묵은 곰팡내, 신음, 하품, 욕 소리, 핸드폰 벨 소리, 진동 소리, 안내 방송, 밀지 마요, 죽겠네, 왜 이래, 저기요, 여기요, 저 여기 내려요, 다음에 내리십니까, 내립시다, 내린다니까.

명왕성 되다(plutoed)라는 말은 2006년 미국 방언협회가 선정한 올해의 단어였다. 명왕성(Pluto)이 태양계 행성

지위를 박탈당했다고 한다. 그 사실을 지하철 무가지 신문에서 읽었다.요즘은 모두 스마트폰을 쳐다보지만 당시만 해도 대부분 지하철에 무료로 배포되는 타블로이드 신문을 보았다. 세상에나. 태양계의 별도 지위를 잃는다니. 이런 일도 있구나. 그 기사가 신기해서 신문을 찢어 주머니에 넣었다. 태양계에서 가장 먼 별 명왕성이 박탈당했다. 태양계에서 소외되었다. 누가 박탈했나. 미국항공우주국(NASA)이 그랬단다. 나사에게 그런 자격을 누가 주었나. 아무도 모른다. 우리에게 말도 없이 왜 명왕성을 없앴다고 난리인가. 마치 꿈을 빼앗는 것처럼 이상했다.

매일 나는 어디로 가고 있는가. 매일 박탈당하는 꿈을 꾸며 지하철 2호선을 돌고 도는 건 아닌가. 나는 완전히 소외될 때까지 2호선을 돌고 돌 것이다. 지하철에서 눈을 감으면 너는 명왕성 되었어라는 말이 들리는 듯했다. 너는 박탈당하고, 소외당했단다 하는 중얼거림이 들렸다. 첩자처럼 도시를 배회했다. 허무의 그림자만 잔뜩 거느린 채 혼자 있고 싶은 곳을 찾아다녔다.

내게 지하철 2호선은 삼십 대를 통과했던 서울의 상징과도 같다. 졸시 「명왕성 되다」는 신림에서 합정을, 합정에서 증산을 오갔던 날들의 기록이다. 또한 두 번째 시집의 표제시가 되었다. 이 시집에 수록된 「남자의 일생」, 「매일 출근하는 폐인」, 「신림동」, 「귀신과 도둑」 등도 모두 신림동과 지하철 2호선을 배경으로 쓴 시편들이다. 어쩌면 그 시절 가장 많은 시를 썼는지도 모르겠다. 평범하게 살려고 결혼을 했지만, 평범하게 사는 게 비범하게 사는 것보다 몇 배는 더 힘들다는 걸 뒤늦게 깨달았다. 가장 행복했던 시간들도, 가장 고통스러웠던 시간들도, 가장 바쁘고 처참했던 시간들도 그 시절이었다. 신림동에서 2년을 살고 그곳을 떠나왔다.

소년의
우정

나는 사랑에 대해 서툴다. 사랑하는 데에는 자격이 없다. 누구든지 사랑을 할 수 있다. 하지만 아무나 사랑할 수 있는 능력이 있는 게 아니다. 나는 사랑에 서툴고, 힘들다. 매번 도망다니다가 끝나버린다. 사랑할 수 있는 능력이 없는 자에게 사랑은 형벌에 가깝다. 그들에게 사랑은 감정적 배설물에 지나지 않는다. 사랑이 전해주는 감정적 격동을 이겨내지 못한다. 쉽게 아파하고 쉽게 의심하며 쉽게 좌절하고 쉽게 파탄 난다. 사랑이 주는 기쁨과 행복은 짧지만 사랑이 주는 고통은 길다.

긴 고통과 짧은 행복을 맞바꾸어야 하는 사랑의 운명

앞에서 늘 울부짖는 일. 사랑은 그런 일이다. 사랑하는 자는 늘 울부짖는다. 저녁의 쓸쓸함을 아침의 허망함을 오후의 무력함을 모두 사랑의 일로 여긴다. 그런 사랑에 대해 말을 할 수 있는 자격이 내게 있는가. 관념적인 사랑에 대해서는 이러저러한 말들이 머릿속에 가득한데 사랑의 실상에 대해서는 할 말이 없다. 여전히 나는 사랑에 대해서 서툴기 때문이다. 그런데 대체 사랑에 서툴지 않은 사람이 있기라도 한 걸까.

소년의 우정이라고 말할까. 그녀는 동갑내기 친구였다. 옆집에 살았다. 게다가 같은 교회에 다녔다. 그녀가 아침에 밥 먹는 소리까지 들렸다. 학교 다녀오겠습니다, 하는 인사도 들을 수 있었다. 저녁이 되면 자연스레 우리는 교회에 모였다. 당시 교회는 공식적인 남녀 모임의 장소였다. 그곳이 우리에게는 유일한 곳이었다. 교회가 아니라면 어디서 여학생들을 볼 수 있었을까. 빵집은 너무 닭살 돋았고, 롤라장은 너무 번잡했으며, 뒷동산은 너무 위태로웠다. 예배당 옆에 지어진 작은 집이 있었다. 누구나 그 집을 교육실이라 불렀다. 실제 많은 교육이 이루어졌다. 교육실에서 돌려가며 기타를 치고, 이문세나 김현식을 들었다. 때론 015B나 푸른하늘, 봄여름가을겨울을 듣기도 했다. 물론 실로암과 같은 복음성가도 불렀다. 교회는 인기가 많았다. 절에 다니는 애들도 교회에 왔다. 싸움하는 애들도 교회에 왔다. 노는 여자애들도 노는 남자애들도 왔고, 공부만 하는 애들도 왔으며, 대체로 놀다가 간혹 공부도 하는 숨은 날라리들도 왔다.

그곳에서 그녀는 어린 이모의 역할을 했다. 우는 애들을 달랬고, 보채는 애들을 혼냈으며 까부는 애들을 조용히 시켰다. 우리는 늘 진지했다. 세상에 버려진 십 대들의 청춘을 낭만적으로 만들기 위해 갖은 노력을 했다. 매년 교회에서 열리는 '문학의 밤'은 낭만의 하이라이트였다. 교복에 넥타이를 매고 주찬양과 홍삼트리오를 부를 때면 모든 여학생들이 우리만 쳐다보는 것 같았다.

그 즈음부터 그녀에게 편지를 쓰기 시작했다. 정확히 말하면 옆집 친구인 그녀가 자꾸 궁금해지기 시작할 무렵이라고 해야겠다. 한밤중이 되면 그녀에게 편지를 썼다. 그녀는 나보다 키가 컸다. 그녀 옆에 서면 늘 까치발을 들었다. 그럴 때마다 그녀는 내 머리를 쓰다듬으며 괜찮다는 듯 웃었다. 그런데 그녀에게 편지를 쓴 사람은 나뿐만이 아니었다. 우리들은 모두 그녀에게 편지를 쓰고 있었다. 우리들 중 거의 대부분이 그녀에게 답장을 받기도 했다. 그렇다고 어느 누구도 그녀의 손을 잡아본 일이 없다는 것을 확인하기도 했다. 그 시절 우리는 모든 것을 다 털어놓는 게 우정의 일이라 생각했다.

그녀의 편지는 늘 편안했다. 나는 늘 편지에 대고 하소연했다. 십 대의 불안함과 고독함과 원인을 알 수 없는 무기력함에 대해. 그리고 내 마음을 이해해주는 그녀의 고마움에 대해.

그녀와의 편지는 고등학교를 졸업하고도 계속 이어졌다. 물론 나만 그녀와 편지를 주고받은 게 아니었다. 내 옆의 친구도 또 다른 친구도 그녀와 편지를 주고받았다. 때론 서로 편지의 내용에 대해 캐묻기도 했다.

어느 날. 그녀가 대학에 들어가 연애를 하고 있다는 소식이 들렸다. 모두 고개를 끄덕였다. 우리들 중 누구도 그녀의 애인은 아니었으니까. 우리들 중 누구도 그녀에게 고백한 적은 없었으니까. 고백으로 인해 점점 복잡해지는 친구들과의 관계에 대해 우리는 감당할 자신이 없었으니까. 어쩌면 아무도 고백하지 않았기 때문에 그녀는 애인을 만든 것일 지도 모른다. 그녀는 우리들 중 어느 한 사람의 고백을 기다리고 있었을지도 모른다.

그녀는 스무 살이 넘고 스물한 살이 되는 1월의 추운

겨울날, 이 세상을 떠났다. 교통사고였다. 마치 영화에서나 등장하는 일처럼. 애인과 함께 차를 타고 가다 변사를 당했다고 한다. 우리는 태어나 처음으로 맞이하는 죽음의 일 앞에 어찌할 바를 몰랐다. 그렇게 허둥지둥 그녀와 제대로 작별하지 못한 채 시간은 무심히 흘러갔다. 아무도 마음속에서 그녀를 보내주지 않았다. 한동안 서로 연락을 안 했으며 그렇게 또 시간은 흘러갔다.

그때 무언가 선뜻 알 것 같았다. 우리는 사랑할 자격이 없는 거라고. 친구의 자격도 없는 거라고. 그것이 우정이라면 그 사랑에 대해 함부로 하면 안 되는 것이라고. 막연하지만 무언가 알 것도 같은 그런 어렴풋한 사랑의 의미가 잠시 희미하게 보이는 것 같기도 했다.

편지

내가 편지를 처음 쓰기 시작한 때는 중학교 1학년 즈음이다. 나는 낯설고 먼 동네에서 전학 온 이방인이었다. 당시에는 전학 온 학생이 드문 시절이었다. 친구들은 타향에서 온 얼굴이 희고 키가 작은 전학생을 놀려주기 위해 갖은 애를 썼다. 이상한 별명을 만들어 내어 놀려 대곤 했다. 짓궂은 친구들은 뒤에서 돌을 던지고 도망가기도 했다. 누가 별명을 지어냈으며 누가 돌을 던졌고 누가 그러지 말라고 말렸는지 모두 알 수 있는 작은 동네였다. 학교에서부터 집까지 논둑길을 걸으며 한없이 외로워했던 시절이었다. 나는 엄마가 사서 입혀준 멜빵바지가 창피했다. 친구들처럼 털털하게 아무거나 입고 함께 풀피리를 불며 소 풀뜯기러 가고 싶었다. 뚝방에서는 늘 아지랑이가 어지럽게 피어올랐다. 집에 가다 말고 뚝방에 앉아 소를 몰고 다니는 친구들을 오래도록 보는 날들이 많았다.

지금 생각하면 미소를 지을 수 있는 얘기지만 당시엔 또래집단에 편입되지 못한 외로움 때문에 너무나도 힘들었다. 나는 편지를 썼다. 떠나온 곳의 친구들에게 편지를 썼다. 혹시 나를 그리워하고 있을까. 나처럼 너희들도 전학 간 나를 그리워하고 있을까. 동갑내기 친구들에게 편지를 썼다. 친동생처럼 아껴주었던 교회 누나에게도 편지를 썼다. 어쩌면 그 편지들이 내 문학의 출발점이었을 것이다.

시간이 지나면서 친구들과 친해지게 되었다. 애들은 시간이 지나면 친해지게 마련이다. 나를 놀려대던 친구들은 친해지는 방법을 몰랐던 것이다. 나를 괴롭히는 줄로만 알았던 게 나와 친해지고 싶어서였다는 것을 깨달은 순간 나는 무장해제되었다. 몇 달 동안 외로움에 지쳐있던 나에게 친구들은 샘물처럼 달았다. 친구들과 개울가에서 미역을 감았고 함께 소 풀을 뜯겼다. 저녁나절엔 친구 집 사랑방 아궁이에서 쇠죽이 끓는 구수한 냄새를 오래도록 맡았다. 억센 경상도 욕을 배웠고 친구들처럼 아무 옷이나 입고 동네를 쏘다녔다. 때론 범죄에 가까운 대량 서리를 하러 다니기도 하였다. 편지는 더 이상 쓸 필요가 없었다.

그러다 사춘기가 찾아왔다. 밤늦게까지 라디오를 켜놓고 멍하게 있는 날이 많았다. '이문세의 별이 빛나는 밤에'가 유행이라고 했다. 하지만 우리 동네에서는 주파수가 잡히지 않는 방송이었다. 나는 '김희애의 인기가요'를 들었다. 늦은 밤에는 팝 음악 방송을 들었다. 공테이프를 걸어 놓고 좋은 음악이 나오면 녹음을 했다. 그리고 다시 편지를 쓰기 시작했다. 이번엔 방송국에 편지를 썼다. 다시 불을 지피기 시작한 내 그리움은 대상이 없는 막연한 것이었다. 방송국은 그런 내 그리움을 전달할 수 있는 가장 적합한 곳이었다. 편지지에 썼고, 노트에 썼고, 엽서에 썼고, 은행잎에 썼고, 티슈에 썼다. 내 그리움을 전할 수 있는 모든 사물이 나의 편지지였다. 펜이 할 수 있는 가장 화려한 글씨체를 실험하며 썼다. 어쩌면 그 편지들이 내 문학의 출발점이었을 것이다.

나는 또다시 전학을 갔다. 그리고 또다시 편지를 쓰기 시작했다. 그 편지는 그리움뿐만 아니라 존재의 궁금증에 대한 갈망을 담은 것이었다. 친구들은 답장을 쓰느라 곤욕을 치렀을 것이다. 밑도 끝도 없는 허황된 질문들과 존재론적 고민들에 대해 뭐라고 대답해야 할지 망설였을 것이다. 대답이 중요한 게 아니었다. 나는 편지를 쓰는 게 중요했다.

편지를 쓰는 일은 성인이 되어서도 계속되었다. 아마 이십 대까지는 계속 편지를 썼을 것이다. 그 편지들은 몇 개의 상자 속에 오래도록 보관되어 있었다. 시골집 책상 아래 깊숙이 보관되어 있었다. 가끔씩 시골집에 들르면 그 편지들을 꺼내 보곤 했다. 아직 설익은 감정을 어찌할 바 몰라 서성대는 문장들이, 열망에 차서 흥분된 문장들이, 열등감에 휩싸여 자책하는 불안한 문장들이, 구원을 꿈꾸는 불가해한 내면의 문장들이 스멀스멀 기어다니고 있었다. 어쩌면 그 편지를 꺼내 읽는 일들이 내 문학의 출발점이었을 것이다.

스물 하고도 몇 해가 넘어갔다. 문학을 한다고 폼을 잡으며 허둥대던 시절이었다. 문학 좀 할 것 같은 친구들이나 여학생들에게 편지를 썼다. 편지에 시를 썼고 시가 어떠냐고 물었다. 편지에 치기 어린 문학론을 펼쳤고 문학에 목숨을 바치겠다는 객기를 부렸다. 그러다 대학을 졸업할 무렵 등단을 했다. 등단을 했다고 편지를 썼으며, 등단을 하니 더 괴롭다고 편지를 썼다. 시가 내 미래를 무엇 하나 보장해주지 않는다는 걸 알면서도 시에 투정을 부렸다. 시 때문에 내가 이 꼴이 되었다는 투정을 편지에 썼다. 어쩌면 괜찮다는 위로의 대답을 듣기 위해 투정을 부렸을지도 모른다.

내가 보관한 편지상자가 불태워진 것은 이십 대의 마지막이 끝나가고 있을 때였다. 명절에도 들르지 않았던 시골집에 오랜만에 들렀다. 그런데 편지상자가 없어졌다. 늘 책상 밑 깊숙이 놓여 있던 편지상자가 없어졌다.

"엄마. 내 편지상자 못 봤어요?"

"그거 다 태워버렸다."

"뭐라고요? 아니. 그걸. 제게 말도 안 하시고 태우다니요."

"아. 너무 오래돼서. 필요 없는 건 줄 알고 태워버렸지. 중요한 건지 몰랐구나."

어머니는 그 편지들이 내게 어떤 의미인지 모를 리가 없었다. 내 일기까지도 훔쳐보시는 분인데 그 편지를 안 읽었을 리가 없었다. 아마 과거의 일들에 목매인 나의 모습이 보기 싫었으리라. 옛 추억에 젖어 찔끔거리는 아들의 모습이 안타까우셨으리라. 그리고 어머니의 병적일 만큼 깔끔한 성격도 한몫했다. 누렇게 바랜 종이상자를 빨리 치워버리고 싶으셨을 것이다. 아무튼 편지를 잃어버린 그날의 사건은 꽤 오랫동안 나를 옥죄었다. 내 추억의 대부분이 뭉텅 잘려나간 기분이었다.

그럼에도 편지를 계속 썼다. 편지를 쓰는 사람들이 꽤 남아 있었다. 나의 노래는 편지에서부터 시작되었다. 성전에서 배운 노래를 편지에 옮겨 적었고, 거리에서 배운 노래를 편지에 옮겨 적었다. 내 존재의 고민과 환상의 빛깔과 삶의 고통들을 편지에 옮겨 적었다.

서른이 넘어가면서 이메일을 쓰기 시작했다. 성탄절 카드도 신년 카드도 서서히 사라졌다. 이제 편지는 내 스무 살을 상징하는 것만 같다. 지금은 사라진 어떤 흔적이 편지의 기억을 통해 내 청춘을 증언해주는 것만 같다. 편지로 주고받았던 오랜 기다림과 떨림은 이제 없을 것이다.

봄날 비가 오는 밤이 되면 정말 오랜만에 손편지를 써봐야겠다. 아침에 일어나면 부끄러워 부치지 못할 정념의 말들을 맘껏 써봐야겠다. 펜이 사각사각 소리를 내며 부끄러운 문장을 만들어나갈 것이다. 그 기다림의 문장들을 천천히 음미하며 빗소리를 들어야겠다.

5부

라다크

고독한 원시의 시간,
라다크(Ladakh)

모르는 시간

풍경은 시간을 앞선다. 늘 그런 것은 아니지만 풍경은 이전의 기억을 지워버린다. 마치 구름처럼 하늘과 지상의 일을 슬쩍 가리고 무감하게 한다. 내게는 라다크로 가는 하늘 위가 그랬다.

값싼 여행을 할 수 있는 쉬운 방법은 비행기를 갈아타는 것이다. 우리는 배고픈 여행객들이었다. 서울에서 홍콩으로, 홍콩에서 델리로, 델리에서 다시 라다크의 주도인 레(Leh)로 이동하는 경로였다. 하지만 델리에서 이미 지쳐있었다. 비행기를 타는 시간만큼 환승 시간도 길었다. 인천공항에서부터 꼬박 하루를 견뎠다. 델리에서 라다크로 가는 비행기를 탄 시간은 다음 날 아침이 밝기 전이었다.

라다크로 가는 하늘 위에서 여명이 밝아 왔다. 피곤에 지쳐 눈꺼풀이 반쯤 감겨 있을 때였다. 그날의 첫 햇살이 눈가를 살살 간질였다. 눈을 뜨니 저 멀리 구름에 살짝 걸린 햇귀가 보였다. "죽인다." 그 말밖에는 할 수 없는 일출 장면이었다. 노랗게 익은 햇살이었다. 햇살 아래로 양털 구름이 양탄자처럼 깔려 있었다. 하늘과 구름이 풍경의 전부였다. 그러다 이내 강렬한 빛이 창안으로 쏘아 들었다. 창밖을 볼 수 없을 만큼 강한 빛이었다. 온 얼굴이 아침 햇살로 뜨끈했다. 기내식 커피를 한 잔 하고 나니 햇살은 수그러들었다. 구름과 파란 하늘만이 모든 풍경을 감쌌다. 햇살은 어느새 저 하늘 깊은 곳으로 숨어들었다. 아침이 찬란하게 푸르렀다. 도시에서 보았던 수직과 직선의 완고함이 이 높은 하늘에서는 무력했다. 선이 아닌 면으로 뒤덮인 구름과 하늘만이 가득할 뿐이다.

그러다 비행기가 낮게 깔리며 내려갔다. 산맥이 나타났다. 눈을 이고 있는 산봉우리가 서로를 맞잡고 있었다.

저 밑이 바로 히말라야다. 낮게 비행하며 바라보는 산맥은 장관이었다. 크고 작은 봉우리들이 키를 재듯 머리를 내밀었다. 산맥이 만들어내는 그림자는 다른 산맥의 몸에 길게 드리워졌다. 그런 그림자들은 서로의 산맥에 검은 덧칠을 하며 묘한 명암을 만들어냈다. 힘차면서 부드럽게 감싸는 그림자가 긴장하듯 햇살의 몸에 담겨 있었다. 원시의 경이가 있다면 이런 순간일 것이다. 그때는 몰랐다. 우리가 저 밑의 산맥을 달리고 휘돌아가면서 울렁울렁했다는 것을. 저 원시의 시간들. 내가 모르는 시간들 앞에 설 생각에 마음이 달떴다. 자꾸만 숨이 가빠왔다.

오래된 사원

라다크에서 가장 먼저 둘러본 곳은 레 근처에 있는 사원들이었다. 헤미스(Hemis), 틱세(Thiksey), 쉐이(Shey), 스톡(Stock) 사원을 차례대로 둘러보았다. 라다크는 티벳 불교를 믿는 이들이 대부분이다. 인도의 힌두인들과 다르게 라다크는 대부분 불교인들이다. 라다크의 곰파들은 모두 몇 천 년 전의 건물처럼 오래돼 보였다. 돌을 쌓고 진흙을 비비고 발라 만든 사원들은 히말라야의 고원에서도 몇 백 년을 견뎠다. 대부분의 곰파는 그 지역의 가장 높은 곳에 세워졌다. 그렇기에 곰파에 가기 위해서는 늘 올라야 한다. 마치 하늘 위로 오르는 것처럼. 모든 계단과 길들이 하늘로 이어지는 것 같았다. 사원의 곳곳에는 낮잠을 자는 개들이 유독 많았다. 이곳에서 개는 아무도 소유하려 하지 않는 가장 미천한 동물이라는 말을 전해 들었다. 향불을 피우고 식사를 준비하는 어린 스님들의 모습은 진지하면서도 천진했다.

석양이 지는 어스름. 사원으로 전해지는 사양은 저절로 고개를 숙이게 만든다. 저물어간다는 것은 쓸쓸하거나 때론 아름다운 일인데, 이곳에서는 성스러운 일처럼 느껴졌다. 저물어가는 사양은 대지와 숲이 아니어도 근원을 향할 수 있었다. 사원으로 오르느라 지친 얼굴에 저문 햇살의 감촉이 다가왔다. 서서히 누그러지고 넘어져 가는 석양을 마음에 담느라 일행들은 모두 저마다의 시간 속에 홀로 서 있었다. 햇살이 수직에서 사선으로 제 몸을 허물다가 스스로 스러지는 일. 매일 가장 꼭대기에서부터 가장 아래로의 소멸을 겪는 일. 우리는 스러질 때에야 비로소 평온해진다. 스러지고 소멸될 즈음에야 평온해진 자신의 얼굴을 발견할 수 있다. 실로 오랜만에 저물어가는 일의 감동과 흐뭇함을 천천히 음미했다. 이곳에서의 모든 소멸에게 온 맘으로 경이를 보내고 싶었다.

나는 어쩌면 몇 천 년 전의 사람들과 만나고 온 것인지도 모른다. 먼 기억을 소환하는 공간에 열흘 동안 있다 온 셈이다. 작은 도랑물 소리. 바람이 발바닥을 간질이는 나긋함. 마당을 쓰는 빗질 소리. 멀리서 들리는 야크의 울음. 옆 호텔에서 두런거리는 이방의 방언들. 나는 먼 기억으로부터 왔다. 저 우주의 행성에서 지구의 어느 땅을 밟는다면 가장 먼저 이곳을 밟으리라.

느림

레에 도착해 우리는 숙소에서 하루를 온전히 쉬었다. 아무것도 하지 않고 누워있거나 소요했다. 고산증 때문이다. 어지러웠고 메스꺼웠고 숨을 쉬기조차 힘들었다. 그렇기에 느릴 수밖에 없다. 방심하여 조금이라도 뛰면 곧바로 머리가 아프고 뒷목이 당기고 어지럽고 숨이 가빴다. 느리게 걷고 느리게 말하고 느리게 움직이기. 그것이 라다크에 적응하는 첫 번째 일이다. 세수를 할 때도 느릿하게 얼굴 한 번 문지르고 숨 한 번 쉬어야 한다. 몸을 씻을 때도 느릿하게 물 한 번 끼얹고 숨 한 번 크게 쉬고 비누칠 한 번 하고 숨 한 번 쉬어야 한다. 말도 천천히, 걷는 것도 천천히, 계단을 오르는 것도 천천히. 천천히 한다는 일이 얼마나 어려운 일인지 온몸으로 느꼈다. 마치 슬로비디오를 찍는 것처럼. 생각해보면 내 말과 움직임이 그동안 얼마나 빨랐던 것일까. 빠르게 움직이는 몸의 감각들을 느린 감각으로 되돌려놓기. 그 느림의 시간들이 다른 생각을 하게 만들었다. 라다크에서는 이렇게 오래도록 생각할 수 있는 몸을 저절로 만들게 된다. 밤에는 옥상에 올라 오래도록 밤하늘을 바라보았다.

최초의 시간

판공초(Pangong Tso)는 해발 4,350미터에 위치한 가장 높은 소금호수이다. 판공초는 마법의 호수라는 뜻이다. 이 높은 곳에 염호가 있다는 사실은 믿기지 않는다. 판공초는 빙하기 시대 대륙의 판들이 솟아오르고 히말라야가

융기하면서 바닷물이 높은 곳에 고여 그대로 호수가 되었다. 소금호수이기 때문에 이곳에는 갈매기가 날아다닌다. 판공초는 인도와 티벳에 걸쳐져 130km나 뻗어 있는 어마하게 큰 호수이다. 우리가 본 곳은 그 일부분일 뿐이다. 세계적으로 유명한 인도 영화 〈세 얼간이〉의 끝부분에 판공초가 배경이 되기도 한다. 보통은 기대를 많이 하면 실망을 하기 마련인데, 판공초는 기대 이상이었다.

레에서 판공초로 가기 위해서는 세상에서 세 번째로 높은 고개 창 라(Chang La)를 넘어야 한다. 창 라는 5,360미터이다. 레에서 점심 도시락을 싸들고 온종일 히말라야의 가장 높은 곳을 넘고 북쪽으로 달려야 닿는 곳이 판공초이다. 계곡으로 흘러내리는 물은 얼음처럼 차갑고 공기는 더욱 희박해져 갔다. 빙하가 흘러내리는 물에 잠시 발을 담그고 저 먼 시간의 흔적을 생각하기도 했다.

판공초의 끝 언저리에 닿자 긴장했던 모든 마음이 허물어지고 에메랄드빛 호수의 색깔에 눈이 멀어 버렸다. 그저 마음을 풀어놓고 누워 있고 싶었다. 저 호수 가까이에 가서 바람을 맘껏 쐬고 싶었다. 멍하니 넋 놓고 한참 앉아보고 싶은 곳. 내게는 그러한 장소가 또 하나 생긴 것이다.

원하는 마음이 아무것도 들지 않는 곳이었다. 혹시라도 소리 지르면 죄를 짓는 것 같은 곳이었다. 그립다는 말이 소용없는 곳이었으며 자꾸만 침묵 속으로 잦아들어가는 곳이었다. 나도 모르게 원시의 기억을 하나씩 헤집는 곳이었다. 그곳에서 우리는 각자 물과 바람과 시간을 오랫동안 응시했다. 그 시간이 무엇을 주었는지는 아직도 모른다. 하지만 오래도록 그 시간을 잊지는 못할 것이다.

어둠이 깔리자 추위가 몰려들었다. 해발 4천 미터가 넘는 곳의 호수바람은 매서운 겨울바람보다 더 사나웠다. 8월의 여름이었지만 판공초의 밤은 겨울이었다. 준비해간 겨울 점퍼를 입고 달을 보았고, 장작불을 피웠다. 이전의 기억은 자꾸만 스러져갔고 추위는 점점 더 몰려왔다. 어쩌면 이곳에서 만나 함께 불을 쬐고 있는 록산과 우리는 몇 천 년 전 이곳에서 만났을지도 모른다.

동지들

생각하면 열흘 동안 많은 사람들을 만났다. 먼저 동행했던 여행 동지들. 어쩌다 저쩌다 이러다 저러다 만나게 되었다. 세상에 계획된 일은 늘 계획과는 무관하게 흘러가게 되며 우연한 인연이 동지가 되기도 하는 법이다. 세상에 천재시인은 많지만 그중 천재시인이자 여행전문작가인 김 선생. 혼자 떠나는 여행의 달인이며 외국인들의 이성적 로망인 신 시인. 늘 감동할 줄 아는 화가이자 시적 감성이 넘쳐흐르는 송 작가. 인도에서 정치외교학을 전공하는 대학생, 믿기지 않았지만 이십 대 꽃청춘이었던 현지 라다키 가이드 록산. 이들은 모두 지극했다. 김 선생은 피곤에 쩐 몸을 일으켜 매일 짜이를 타주며 일행의 정신적 위로자가 되어주었다. 신 시인은 말할 줄 모르는 동지를 위해 통역을 도맡아 하며 혼자만의 시간을 할애했다. 신 시인이 없었다면 우리는 여행 고아가 됐을지도 모른다. 송 작가는 우리에게 꾸밈없는 웃음을 주었다. 순간순간 많이도 웃었다. 송 작가는 카메라 없이 여행지를 모두 그림으로 담는 예술혼을 보여주었다. 록산은 잘 생기고 건실하고 순수한 청년이었다. 록산의 희망은 한국을 여행하는 것이라 했다. 꼭 그의 바람이 이루어지길 기도한다. 그리고 여행지에서 나의 별칭은 '동바'였다. 동네바보라는 뜻이다. 아무것도 모르면서 실실 웃으며 때론 투정도 하며 따라다니는 동바로 살았다.

라다크에서 만났던 많은 사람들. 라다키인들과 인도인들과 때때로 만난 서양인들. 곰파에서 만나 우리를 거처로까지 초대했던 노스님과 어린 승려들. 누브라 계곡의 훈더르, 투르툭 마을에서 만난 사람들. 나는 그 사람들에 대해 어떻다고 말할 처지는 아니다. 잠시 여행지에서 스쳤을 뿐이기 때문이다. 그들과 함께 살지 못했기 때문이다. 잠시 스친 인연이지만 그들의 웃음과 표정과 냄새와 그 배경은 오래 기억될 것이다.

오래된 기억

니체는 알프스 산맥 깊숙이 있는 호숫가에서 영겁회귀의 사상을 떠올렸다고 한다. 그때 쓴 문장은 한 줄이었다. "사람과 시간의 저쪽 6천 피트". 이 한 줄의 문장이 영원회귀의 철학을 낳았던 것이다. 시간은 어떤 풍경과 만나 철학으로 남고, 때로는 한 편의 시로 남는다.

모든 기억은 허전함만을 남긴다. 라다크에서의 열흘도 마찬가지이다. 다만 그 기억이 어떤 형상으로 남을까. 지금 여기에서 보면 그 형상이 다소 비현실적인 환상과도 같을지 모른다. 하지만 그 순간들의 진실은 고이 박제될 것이다. 나는 어떤 한 줄의 문장을 쓰고 왔을까. 어떤 한 편의 시를 쓰고 왔을까. 아직 모르겠다. 앞으로 열흘 동안의 라다크를 좀 더 생각한 후에 단 한 줄의 문장이 나올 것이다. 좀 더 오랜 시간이 지나면 한 편의 시가 써질지도 모르겠다.

바람의 계곡
라다크 투르툭 마을

인도의 라다크는 내게 늘 관념 속에서만 머무는 정신적 공간이었다. 헬레나가 『오래된 미래』를 통해 소개한 공동체 낙원 라다크. 서서히 문명이 들어와 변질되어가는 히말라야 고원의 라다크. 하지만 라다크의 실체는 사회학자들이 얘기했던 현상을 느낄 수 없을 만큼 태고의 원시 모습을 그대로 간직하고 있었다.

그곳에서의 열흘 동안 나는 태초의 신비를 탐했다. 숨쉬기 힘들었고, 음식은 입에 안 맞았으며, 전기는 자주 끊겼다. 많은 것들이 불편했지만 마음만은 평화로웠다. 내 마음에도 평화가 있다는 것을 발견한 곳이 라다크이다.

이전에 경험하지 못했던 알 수 없는 평화로움이 물밀듯 밀려와서 잠깐 난감하였으나 곧 그 평화로움을 누리게 되었다.

라다크에서의 열흘 동안 가장 평화로웠던 시간은 아마도 투르툭(Turtuk) 마을에서 지냈던 이틀일 것이다. 여행의 마지막 이틀을 투르툭에서 소요하며 보냈다. 투르툭은 라다크의 주도인 레(Leh)에서 10시간 정도 걸리는 마을이다. 우리 일행은 레에서 누브라 밸리로 갔고 누브라의 훈더르 마을에서 하룻밤 캠핑을 하고 투르툭 마을로 이동했다. 투르툭 마을은 파키스탄의 국경과 마주한 지역이다. 이전에는 개방이 되지 않았던 곳인데 2010년 인도 정부가 여행 제한을 풀었다고 한다. 그래서 더 신비하고 더 원초적인 곳이었을까.

투르툭으로 가는 길에서 우리는 황토물이 산처럼 굽이치는 강을 만났고, 흙과 돌로만 쌓아올려진 누런 민둥산을 끝없이 오르내렸다. 때론 작은 초원이 있는 마을을 지났고, 마을에서 밀을 수확하는 여인들과 만나기도 했다. 어딘가를 가는 길은 늘 닿는 시간보다 가는 시간이 즐겁다. 투르툭으로 가는 길에는 욕망이나 걱정보다는 광막한 막막함이 더 자주 다가왔다. 그 막막함이 왠지 모르게 좋았다. 이 막막한 풍경 속에서 시간도 잊은 채 나른하게 취하고 싶었다. 늘 취하고 싶었으나 취할 수 없는 긴장의 시간을 즐긴 것이리라.

투르툭에 도착하자 이곳은 한없이 게으를 수 있고 한없이 상상할 수 있는 곳이라는 생각이 들었다. 그저 멍하니 바라보거나 멍하니 앉아 있으면 되었다. 특별한 일정이나 계획 없이 이틀을 꼬박 빈둥거리며 지냈다. 투르툭은 어렸을 적 자주 갔던 외가의 마을과 닮아 있었다. 마을로 들어가는 길에는 오래된 돌계단이 있었고 돌담이 둘러쳐 있었다. 마을 전체에 키 높이의 돌담이 있었고 돌담을 사이로 작은 골목길이 구불구불 이어져 있었다. 나는 그 골목길에서 자주 서성였다.

마을의 골목길 중간중간 아주 오래된 살구나무들이 많았다. 투르툭은 살구나무의 마을이었다. 작은 도랑이 흘렀고, 햇살은 따사로웠다. 그러다 투르툭의 아이들을 만났다. 어디에서나 그렇듯이 아이들은 천진난만했고 이 세상을 다 가진듯한 밝은 표정이었다. 아이들은 쓰러진 나무 기둥에 모여 앉아 낯선 외국인을 구경했다. 특히 아이들은 디지털카메라에 폭발적인 관심을 보였다.

투루툭은 아주 오래된 마을이다. 몇백 년이 되었을지

모르는 돌담길을 따라가다보면 마을 아이들을 위해 만든 수영장도 있다. 물을 가두어 만든 수영장에서 수십 명의 사내아이들이 벌거벗고 물놀이를 하고 있었다. 이곳은 인도의 다른 지역과 다르게 이슬람교도들이 대부분이다. 여인들은 히잡을 쓰고 다닌다. 또한 낯선 남자들에게 경계심이 강하다. 그리고 이곳 여인들은 농사일을 도맡아 한다. 보기에도 무거워 보이는 짚단을 지게에 짊어지고 다니는 여인들이 나의 눈길을 끌었다.

아 마을의 가장 높은 곳에는 아주 작은 사원이 있었다. 사원을 올랐다. 돌담길을 지나 너른 흙길을 지나 나무들이 숨을 뿜어내는 작은 숲길을 지나 언덕으로 오르는 돌밭을 지나 마을의 꼭대기까지 올랐다. 돌계단을 오르고 올라 가쁜 숨을 몰아쉰 후 언덕의 꼭대기에 오르니 원시의 마을 풍경이 한눈에 들어왔다. 저쪽 너머의 산으로 강은 굽이치고 있었고 여러 겹의 산들이 어깨를 맞대고 있었다. 마을을 에워싸고 있는 나무들과 작은 초원은 그림처럼 아름다웠다. 언덕 위에 앉아 한참 동안 풍경에 취해 있었다. 작은 사원 안에는 명상을 하는 서양인들이 몇몇 있었다. 여행객이 아니라 구도자에 가까운 파란 눈동자의 젊은 명상가들에게서 무엇인지 모르는 자유가 느껴졌다. 자유는 자신의 외적인 모습에 신경 쓰지 않는 태도에서 풍겨 나오는 것임을 알았다. 나도 저런 삶을 바랐었는데 어쩌다 지금 이렇게 살고 있을까.

라다크는 바람의 계곡이다. 우리도 바람을 만났다. 작은 마을에 갑자기 불어닥치는 바람에 몸이 날아갈 지경이었다. 아이들은 바람을 맞으며 바람놀이를 하고 있었다. 바람 때문에 잠시 무서웠다. 그러나 곧 평온해졌다. 도둑처럼 들이닥치는 이곳의 바람은 늘 이런 식인가보다. 골짜기에 숨어 있는 마을은 바다의 외딴 섬처럼 존재해 있다. 하지만 이런 바람을 맞아들이는 마을이다. 투르툭은 바람을 맞아들이며 스스로 가쁜 숨을 뿜어낸다. 그러다 때론 침묵한다. 마을의 안쪽으로 더 깊이 들어보면 조잘조잘 수런거린다. 그 골짜기에서 들려오는 자연의 음악을 며칠 동안 한없이 들었다.

나는 게으름을 좋아한다. 게으름이 여행의 본질이라는 막연한 생각을 하기도 했다. 게으름에도 격이 있다면 이곳에서의 게으름은 그럴 듯하리라는 생각이 들었다. 사색에도 쾌락이 있다면, 사색을 유희할 수 있다면 트르툭에서는 가능하리라 생각했다.

도시에서 늘 머릿속을 떠나지 않았던 허무의 관념들

이 이곳에서는 한 번도 생각나지 않았다. 이 마을에서 나는 며칠만 머무른 나그네일 뿐이다. 길손이 되어 그들에게 무엇을 던져주고 간 존재일 뿐이다. 일방적일 수밖에 없는 여행객은 그들의 모습과 풍경 속에서 많은 것을 담아간다. 그들은 나를 통해 무얼 생각했을까. 투루툭 마을 사람들은 여전히 그들 삶의 속도대로 산다. 그렇게 오래오래 그들의 속도대로 천천히 소요하며 살아갔으면 좋겠다. 바로 눈앞에서 쏟아질 듯한 별을 보며 누워 있던 투루툭 마을이 아련하게 그립다.

6부

사랑

사랑이라 생각하니
꿈처럼 오련하게 사레들리네

정말 오랜만에 당신에게 편지를 씁니다. 당신에게 안부를 전하는 것이 마땅한 일이 아닌 줄 알면서도 이 어쩔 수 없음이 제 마음을 다시 붙잡습니다. 늘 당신에게 나는 막무가내의 고집쟁이로 비춰졌겠지요. 지금 생각해보니 당신이 나를 만난 이후로 활짝 웃는 날보다 우울했던 날들이 더 많았던 것 같습니다. 그때 저는 그랬던 것 같습니다. 상대를 존중하고 이해하기보다는 늘 각을 세우고 칼 같은 말들을 내뱉던 시절 말입니다. 문학을 한다는 이유로 한없이 유치하고 철없이 굴었던 시간들이었죠. 하지만 그때도 알고 있었어요. 당신과 내가 얼마 후면 이별할 수도 있다는 사실 말입니다.

아마 당신이 아니었다면 시작도 하지 않았을 겁니다. 시작하기도 전에 다 보일 때가 있습니다. 다 보인다고 믿고 있는 자신의 마음처럼 서글픈 일은 없죠. 사랑은 제게 화두와 같은 것입니다. 다른 관념의 외피를 입을 때조차도, 사랑의 일을 돌보는 것은 제 마음을 들여다보는 일이어서 고통스러웠습니다. 그럴 때 내 영혼의 한계를 발견합니다. 자신의 한계를 인지하고 그것을 극복하는 게 사랑의 일이라지만, 너무 어렵고 힘이 듭니다.

쓸쓸함을 사랑하는 건 나 자신을 사랑하려고 하는 노력의 하나입니다. 쓸쓸함도 지금 내 모습의 일부이니까. 그때 나는 어떤 꿈이 있었을까요. 시인이 되고 싶었습니다. 막무가내로 바랐던 꿈이었습니다. 당신은 내게 이런 말도 했었죠. “시가 좋아요? 내가 좋아요?” 그건 범주가 다른 문제라고 말했지만, 당신이 내게 왜 그런 질문을 했는지 이제는 알 것 같습니다. 어쩌면 사랑을 잘 몰랐던 겁니다. 에릭 프롬이나 구약의 아가서에 나오는 사랑만이 사랑인 줄 알았던 겁니다. 사랑도 사람의 일이며, 살아가는 일이며, 함께 옆에서 호흡하는 일이라는 것을 몰랐던 거죠. 내 꿈이 시인이었기에, 자주 시의 동력을 얻기 위해 숨어버렸습니다. 사람살이가 모두 달라서 달팽이의 집거가 꿈인 자도 있죠. 나는 그때 그런 사람 중의 하나였습니다. 돌이켜보면 저는 그때 바라보려 하지 않고 숨어버리려고 했으니까요. 마음은 아무리 퍼내도 마르지 않는 우물과 같아서, 파릇파릇 당신이 지금 돋아납니다.

아무것도 몰랐던 시절이라고 하겠습니다. 늘 변죽만 울리다가, 자기비하에 빠지는 편지만 썼던 시절입니다. 당신에 대한 내 마음은 꼭꼭 숨겨두었던 시절입니다. 그 마음을 드러내는 것이 촌스러운 거라고 생각한 내가 참 한심합니다. 참 소심했습니다. 자꾸만 삶이 어떤 힘에 의해 규정된다는 것에 대해 두려웠습니다. 일반의 구속과 다른 사랑을 만들어보고 싶었습니다. 빨리 늙고 싶었던 듯도 합니다. 내 마음의 원함이 늘 그런 식이었습니다.

당신은 잘 모르겠지만 내게 당신은 위로였습니다. 늘 가장 먼저인 시간에 당신이 있었습니다. 기쁠 때도 슬플 때로 아플 때도 먼저 당신이 떠올랐습니다. 바깥의 바람을 맞고 들어와 헝클어진 머리와 차가워진 몸을 당신의 기억으로 덥혔습니다. 날 방치하고, 몰아세우고, 핍박하던 시간들. 당신을 만난 것은 작은 우연으로 시작되었지만, 당신을 만난 게 우연이 아니라고 믿고 있습니다.

나는 당신 이후로 꽤 오랫동안 궁핍한 시간들을 보냈습니다. 사랑하는 마음을 달라고 기도하기도 했죠. 순정이란 것을 당신으로 인해 알았습니다. 늘 수동적이었던 나. 사람의 이성과 감정은 분리된 것이 아니라 하나일 때 비로소 제 것이 된다는 걸 왜 몰랐을까요. 당신을 통해 어떤 의미들이 차곡차곡 쌓여 갔습니다. 하루에도 수십 바퀴의 절망과 환희를 돌아 결국 제자리에 서 있을 때, 언제부터 혼자 우는 법을 배웠습니다. 누군가 기댈 어깨를 간절히 원하면서도, 언젠가부터 혼자 울고 있는 나를 발견할 때마다 당신이 생각났습니다. 아마, 당신을 시작으로 천천히 성숙되어 갔나 봅니다.

당신이 나를 만나 큰 것들을 버렸다고 했던 말을 기억합니다. 그때 당신은 용기를 가진 자였습니다. 나는 무엇을 버렸을까요. 늘 망설였던 것 같아요. 이건 모두 당신을 실패할까봐 두려워서겠죠. 당신을 오래오래 봐야겠다는 설익은 마음으로 그랬을지도. 늘 말줄임표로 끝이 나는 당신에 대한 생각이 지금의 저를 만들었을지도 모릅니다.

나에게 사랑시는 없습니다. 사랑으로 가는 길목의 지난함만이 있을 뿐. 사랑이라고, 첫사랑이라고 생각하면 사레들릴 것 같습니다. 철쭉은 아름다운 꽃이지만 먹어서는 안 되는 꽃입니다. 철쭉의 운명과 분홍 빛깔의 아름다움이 내 사랑의 이미지입니다. 먹으면 죽는다는 전설을 운명처럼 받아들이는 사랑을 꿈꾸었지만, 지금 남아 있는 것은 아무것도 없네요. 다만 당신의 빛깔과 생각하면 떠오르는 맛과 자꾸 사레들어 고개를 돌려야 했던 풍경만이 선명합니다.

사실 내게는 당신이 참 낯선 경우였습니다. 애매함의 경계 위에서 위태위태하게 걷고 있는 시간들이. 터무니없이 허둥댔던 그 긴 밤의 시간들이. 바보처럼, 답답하게, 깊은 망설임의 안갯속에서 앞을 못 보고 발걸음 치던 시간들이. 다만, 조금 늦거나, 조금 빨랐을 뿐이라고 자위했습니다. 당신 눈엔 내가 어떤 사람인지 너무 잘 보였다고 했죠. 당신을 보면 나를 보는 것 같기도 한 아련함과 불편함 때문에 복잡한 심경이 되기도 했습니다. 그래서 당신은 내게 거절할 수 없는 사람이었죠. 그런 게 바보 같았나요? 지금 이런 게 다 무슨 소용일까요.

당신을 만나겠다는 미련한 생각은 안 하기로 했습니다. 이제 당신을 볼 수 없지만, 그 시간이 있다는 것만으로도 감사합니다. 봄철 아지랑이 올라오는 긴 흙길을 함께 걸었던 기억이 납니다. 나란히 걷지 못하고, 손잡아주지 못하고 자꾸 뒤만 돌아보았던 그때. 그 시간이 있음으로 사랑을 조금 엿보았던 것 같습니다. 부디, 행복하기만을 기도하겠습니다.

청색지산문선 10

그리워하는 직업을 가졌을 뿐인데요

초판 1쇄 발행 2024년 1월 22일

지은이 이재훈
펴낸곳 청색종이
펴낸이 김태형
인쇄 범선문화인쇄
등록 2015년 4월 23일 제374-2015-000043호
주소 서울시 영등포구 문래동2가 14-15
전화 010-4327-3810
팩스 02-6280-5813
이메일 bluepaperk@gmail.com
홈페이지 bluepaperk.com

ISBN 979-11-93509-04-3 03810

이 도서는 한국출판문화산업진흥원의 '2023년 중소출판사 출판콘텐츠 창작 지원 사업'의 일환으로 국민체육진흥기금을 지원받아 제작되었습니다.

값 13,000원